詩集　空飛ぶ鳥のように　野に咲く花のように

岡田政晴

ほおずき書籍

空飛ぶ鳥のように　野に咲く花のように

野の花がどのようにして育っているのか。働きもせず、紡ぎもしない。栄華きわめた時のソロモンでさえ、この花の一つほどにも着飾っていなかった。野の花は、冬が寒いこと、冬が長いことに不平不満をもらすことなく、信頼をもって春の到来を待っている。その信頼が、ソロモンの栄華にまさる美しさを花に与える。今日ありて明日炉に投げ入れたる野の草をも、神はかく装い給えば、まして汝等をや。

空の鳥を見よ。播くことも、刈ることもせず、刈らず、倉に取り入れることもしない。然るに汝等の天の父は、これを養いたまう。明日のことを思い煩うな。明日は明日自ら思い煩わん。一日の労苦は一日にて足れり。一日の苦労は、その日一日だけで十分である。

かれらは、働くことについて思い煩ったり、栄華を誇るために着飾ったりしない。本来在りしままの人間とは、空の鳥や野の百合と異ならない。一日の「生」に全力をそそぎ、あとは神に委ねる。

マタイ伝第六章より

詩集

空飛ぶ鳥のように
野に咲く花のように

目次

空飛ぶ鳥のように　野に咲く花のように

マタイ伝第6章より

故郷の章　109

教育の章　143

人間の章　191

時代の章　235

私が出会った詩人たち

少年の章

少年の章

ヤクルトの思い出

小学校入学前
毎年夏休みは一人娘の従姉《いとこ》の家で過ごす
毎日配達される一本のヤクルトを従姉はきちっと半分ずつ分けてくれる
その頃のヤクルトは小瓶に入っていて今のヤクルトより酸《す》っぱいが美味しい
甘酸っぱい思い出がある
わがままで欲の深い少年はもっとヤクルトを飲みたい

「のどが渇いた！のどが渇いた！」と何度も言って叔母《おば》を困らせる
叔母は「泉のわき水でも飲みな！」と言いながらもジュースを持って来てくれる
今ごろになってヤクルトを半分分けてくれた従姉の優しさに感謝
優しく思いやりある叔母にも感謝

孫は喉《のど》が渇くと母親に「のどが渇いた！のどが渇いた！」と言ってジュースをねだる
少年時代の自分の姿と重ね合わせる
孫に遺伝する

養命酒《ようめいしゅ》と花梨酒《かりんしゅ》

幼い日
血の気のない青白い顔の少年
母親は毎晩少年の枕もとに養命酒を置いてくれる

ビンの口元《くちもと》には白く凝縮《ぎようしゆく》した養命酒がこびりついている
独特な匂いがする養命酒を好きになれない
そんな少年も小学校に入学する頃には顔に赤みが出てくる

風邪をひき喉《のど》を傷《いた》めた少年
母親は花梨酒を作って机の上に置いてくれる
養命酒と違ってこちらは大好物
毎年黄色い花梨が実をつける頃になると母を思い出す
今でも花梨酒はわが家の必需品《ひつじゆひん》

少年の庭

電力会社を定年退職して故郷木曽の家に帰った隣のIおじさん
ずくのある器用なおじさん

故郷の木曽に帰るなり庭造り開始
山の湧水《ゆうすい》地から水を引く
谷川から大小様々な石を担《かつ》ぎ上げる
野山から木々をこいできて石と石の間に植樹

この様子を学校の行き帰り垣間《かいま》見ていた少年
興《きょう》味《み》津々《しんしん》
とうとう見よう見真似で少年も庭造り開始
沢《さわ》を流れてきた白い花崗《かこう》岩《がん》を組み合わせてから土を入れる
学校から一目散《いちもくさん》に帰るやいなや大鍬《おおくわ》とスコップを持って山に入る
ツツジやモミジを掘って来ては次々に植える
力ずくで強引《ごういん》に掘られた木々は根が切れ半分はやがて枯れてしまう

ある日
学校から帰ると大事に育ててきたツツジの木が根こそぎ抜かれている

日頃邪魔に思っていたばあちゃんが若い行商人にこいでもらったらしい
少年の目から絶え間なく流れる涙はいつまでも止まらない
六十年余過ぎた今でもこの時の涙の味は忘れられない

万年筆

中学校入学
Yおじさんが万年筆を贈ってくれる
うれしくてうれしくてどこに行くにも持って行く
持っているだけで幸せ
数日後万年筆が行方不明
どこでなくなったかまったく思い当たらない
ショックは大きく勉強が手につかない
だれにも言うことができず日記帳に書く

落ち着かない少年の姿を見た母親
こっそり少年の日記帳を覗《のぞ》く
数日後鞄《かばん》の中に万年筆が入っている
Yおじさんにもらった万年筆とまったく同じもの
母も父も何も言わない

高校の授業
万年筆を見た生徒が触《さわ》らせてくれという
初めて万年筆の感触《かんしょく》を知った生徒は興味津々《きょうみしんしん》
どこが気に入ったのかなかなか返してくれない

今でもどこに行くにも万年筆を持って行く

友人Kくん

小学校三年生の時Kくんと出会う
親戚の家の建前《たてまえ》の後の餅拾《もちひろ》い
投げられた餅の最後の一つを二人がねらう
腕力には自信があった少年はKくんから強引に奪い取る
今度は少年以上に腕力があったKくんは強引に奪い取る
しばらくにらみ合ったがその場は別れる

一年後
四年生になった少年は戸場《どば》分校から本校の読書《よみかき》小学校に汽車通学
再びKくんと出会う
同学年で同学級
すぐに意気投合

下校後汽車の乗車時刻まで少しでも時間があればKくんの家に寄り道
途中柿をとって食べたり蛇にいたずらしたり一日のうちで一番解放された楽しい時間
Kくんのお母さんはいつもお茶を入れ美味しいお菓子を出してくれる
Kくんの部屋は狭かったが大変機能的
天井《てんじょう》一面に算数の公式や漢字を書いた模造紙《もぞうし》が貼ってある
壁には所狭《ところせま》しと絵や書《しょ》が掲げられている
家の裏の田んぼには竹で組まれた鉄棒
Kくんは「大車輪《だいしゃりん》」を披露《ひろう》
肘《ひじ》が曲がっているから「ともえ車輪」の段階だと謙遜《けんそん》
人並みはずれた運動神経
中学校と高校で棒高跳びで長野県一位
人望も厚く中学校で生徒会長
何をやってもかなわない
力の差が大きくライバル関係まではいかない
上まわったものをしいてあげれば「絵画コンクール」に入選した賞状数ぐらい

どんなに名誉あることでも奢《おご》ることはなく慎《つつ》ましく対応
気が小さく臆病《おくびょう》な少年はいつも勇気をもらう

大学卒業直後東京で再会
コンピュータ会社に就職したKくんは「俺も教員免許取っておけばよかった」と一言
それ以後一度も会っていない
今でも永遠のライバル

たいしたもんだ

どこの家でも水車《すいしゃ》がある
谷底の本流から水をあげ水車を回し米を搗《つ》く
本流から流れてきた大きな石が水車にひっかかりまったく動かない
早く石を取り除いて米を搗きたいばあちゃんは大あわて

この日はあいにく大人の男衆がいなくて女衆ばかり
そこで小学生の少年に「政晴　石をとってくれ！」という声がかかる
倉庫からバールとゲンノウとスコップを持ち出して現場に急ぐ
何度もこじいたりたたいているうちにタイミング良く石がはずれる
その様子を見ていた家のばあちゃんも隣のばあちゃんも大喜び
「さすがに男の子だ　たいしたもんだ！」と何度も褒《ほ》めてくれる
急に大人になったような気分
お茶を出してお菓子をたくさんくれる
ふだんは横着坊主《おうちゃくぼうず》で怒られてばかりの少年
天にも上るくらいうれしい出来事

少年の大晦日《おおみそか》

春も半《なか》ば過ぎた頃

少年は学校から帰ると鞄《かばん》を縁側《えんがわ》に放り投げ大きな竹籠《たけかご》を腰に巻く
大晦日に親類に配るゼンマイをとりに出陣《しゅつじん》

大晦日の少年は毎年大忙し
春とったゼンマイを大きなリックサックを入れ汽車に乗る
数軒の親類衆に配達するのが恒例の行事
ゼンマイはおせち料理の大切な一品
どこの家でも今晩の年取り用の魚を出して少年を歓待
一日早いお年玉ももらって急いで帰宅
少年は家に帰って再び年取り
毎年二度の年取りをするのも恒例の行事

家に帰ってからは父ちゃんの手伝い
神棚《かみだな》に供《そな》える藁《わら》製の鯛作りの補助
太い藁束《わらたば》を揺らさないように押さえているのが少年の大切な仕事

しめ縄に付けるユズリハを取りに行くのも少年の仕事
長靴をはいて深い雪を踏み山に入る
帰ってからは茶碗蒸《ちゃわんむ》しに入れる銀杏《ぎんなん》や年取りの魚（鰤《ぶり》）を焼く
薪《まき》を割り竹のふいごを吹いて風呂を焚《た》く
紅白歌合戦が始まる前に完了しなければならないのでてんてこ舞い

竹馬《ちくば》の友

木曽の叔父《おじ》の「四十九日法要」出席のため長野市から来たKくんに六十数年ぶりに再会
来年小学校に入学するKくんは私より一つ年上の大切な遊び友だち
「僕　明日長野に行くからね！」と一言
遠足に行ってくるような感じで笑顔で言う
次の日Kくんはいない
心の中にポッカリ穴があく

きのうまでは暗くなるまで田んぼで野球をやった友はもういない
かくれんぼも陣取りもメンコもビー玉も釘打ちも夢中でやった友
そんな友がもういない
あの時のさみしさはずっと心の底に残る

六十数年ぶりの再会に心躍る
六十数年間一度も会わなかった友が今目の前にいる
「風の又三郎」が帰って来る
六十年の空白はものともせず思い出を語り合う
次から次へと言葉がほとばしり出る

Kくんは工業高校を卒業した後建築士になる
一級建築士として事務所を立ち上げ活躍
まだまだ現役の建築士
二人とも「今人生半也《いまじんせいなかばなり》」

竹馬の友は永遠なり

風の又三郎の孤独

「二百十日」にやって来た「風の又三郎」
いつの間にか去って行く

小学校二年生の時
読書《よみかき》発電所に送水する隧道《ずいどう》工事が始まる
全国から多くの建設業者が柿其《かきぞれ》に派遣される
一学年二十人足らずの児童数が急に増え三十人を越える
会社役員の男子児童Tくんが学級に入る
何でも知っていて何でもできる

社宅には少年の見たことのない珍しいものがある
Tくんと一日中離れることなく一緒に過ごす
二人でいたずらや冒険もする
工事現場の有刺鉄線《ゆうしてっせん》を乗り越えて発破《はっぱ》の現場に潜り込む
発破の時に使った導火線《どうかせん》が土砂の間に埋まっている
赤や黄や青のビニールに包まれた導火線を夢中になって拾い集める
有刺鉄線《ゆうしてっせん》で頭を切りながらもできるだけ長い銅線をさがす
心躍らせながら夢中になって銅線を拾い集める
導火線を何のため拾うのか目的はない

口数の少ないOさん
音楽の時間に「赤い鳥小鳥」の歌を澄みきった大きな声で歌う
いっぺんに彼女のファンになる
音楽の時間に彼女の歌を聴くのが楽しみになる

病気がちで弱々しいKさん
いつまでも友だちができずいつも隅のほうでそわそわ
ある日高価な万年筆を数本持って来てみんなに披露《ひろう》
何のために持って来たのか今頃になってわかる

三年生の三学期の途中でいつの間にかみんな転校
「春一番」と共に去って行く
お別れの会はない
この時のショックと寂しさは今も忘れられない

三人の娘は私の転勤に伴って数回ずつ転校
今頃になって娘たちの気持ちがわかる
「子どもの気持ち親知らず」
どんなにつらかったことか
仕事に忙殺《ぼうさつ》された学校勤務時代

娘たちのことなど考えたことはない

橇《そり》すべりの名人

冬の遊びは橇が一番人気
カルタやトランプはすぐあきる
橇はみんな自作
橇の型は二種類
角材を使って精密に組み合わせて作る橇
高度な技術が必要
だいたいの橇は板を丸太の竹に釘付けして作る
雪をかき分け竹藪《たけやぶ》に入り太い竹をさがす
節《ふし》の位置を意識しながら竹をほどよい長さに切る
まずフロントの部分を削る

それを風呂場の炭火であぶり適度に曲げる
ここが一番肝腎《かんじん》な部分
ここが腕の見せ所
炭火であぶり過ぎると無慈悲にもポキリと折れる
ここまでの過程をクリアしたら次の工程に入る
両脚の上に細長い木を渡して前後を釘で打ち付ける
さらに背板を張り頑丈にする
最後に裏返しにして橇の足の部分の節をとって鉈《なた》で滑らかに削る
さらに滑るように蝋《ろう》を塗る者もいる

どんなに寒い日でも　大雪の日でも　朝早くからスキー場に急ぐ
前日の夕方道路上に雪を寄せゲレンデづくり
水をまいてテカテカなゲレンデ
朝いさんで行くと昨日完璧に整えられたゲレンデに見事に灰がまかれている
隣のばあさんが撒《ま》いたらしい

憤慨《ふんがい》する
ここはぐっとがまんする
ばあさんの家に押しかけても勝てる相手ではない
スキー場と言ってもふだん使っている狭い生活道路
また黙々と道路に新しい雪を出してゲレンデ作り
楽しいスキーのことを考えればこんなところで時間を浪費するのはもったいない
公道《こうどう》は全部ゲレンデ
白い息を吐いてレースの出発点に駆け上る
年のいかない者から次々にスタート
年の長《た》けた者が次々に抜いていく
ここが一番の醍醐味《だいごみ》
途中にもうけられた雪のジャンプ台
着地の衝撃《しようげき》に耐えきれず大破する橇
スピードをコントロールできず道からはみ出て藪に突っ込む橇
カーブを曲がりきれず隣のばあさんの家の玄関に突っ込む橇

玄関で鉢合わせすると最悪
いくつものハードルを乗り越えてゴールに到着
何ものにも代えられない爽快《そうかい》なスポーツ
少年時代のスリル満点な思い出

狭《せば》まる陣地

三留野《みどの》駅横の雑貨店で霞網《かすみあみ》が売られていたのは六十数年前
桑畑に張って野鳥を捕る

とりもちを枝に巻いて作った罠《わな》を山奥の清水《しみず》におく
鳥の足がとりもちにくっついてもがく

箱で作った自家製の水中メガネとヤスを持って真夏の川へ

真っ裸になって潜《もぐ》りまずアカウオやタナビラを手づかみ
水中メガネとヤスを駆使《くし》してヨロッペやサソリやアジメを刺す
名人は次々に刺し雄叫《おたけ》びを上げる
生温かい川の淀《よど》みには大きなメダカが遊泳
両手で囲い込んで捕獲《ほかく》

危機管理が厳重になった昨今
木曽川での水泳は全面禁止
地元の子どもをよそに都会の子どもは悠々《ゆうゆう》と泳ぐ
やたらに畑に入ると不法侵入禁止の立て看板が目の前にある
ヤスや霞網の販売はもってのほか
少年たちの住処《すみか》やアジトは減る一方
中央西線と国道十九号線と木曽川が押し合いながら走る狭い木曽谷
どこへ行く木曽の少年少女たち！

ゼンマイ

少年はゼンマイ採りの名人
まずは雌雄《しゆう》をすばやく見分ける
雄《おす》は固《こわ》い上に苦くて食べられない
次に採取する長さを瞬時に見きわめる
欲張って根元から採取しても根元の固い部分は食べられない
身軽な私は野山を泳いで誰よりも早く良質なゼンマイを確保
どんな身軽な猿《さる》や猪《いのしし》もかなわない
籠《かご》いっぱい採ると一目散に家に帰る
母ちゃんがゼンマイを大鍋に入れてグツグツと煮る
これからが大戦争
煮え湯からゼンマイを取り出し急いで糞《くそ》（葉）と綿毛《わたげ》を取り除く
ゴザやムシロの上で揉《も》みながら干す

晴天の日ならば二日・三日で十分乾き上がる
悪天候が続くと最悪
何日も太陽の状況をみて外に出したり中に入れたり手間がかかる
程良い時間に揉《も》みほぐしたり返したりして良質なゼンマイに仕上げる
少年の日の母との貴重な思い出

少年のあこがれ

正義のために命をかけたヒーローたち
月光仮面　少年ジェット　エイトマン　快傑《かいけつ》ハリマオ
七色仮面　ナショナルキッド　仮面ライダー
ウルトラマン　鉄人28号　鉄腕アトム
マグマ大使　黄金バット　サイボーグ００９
まだまだいる日本のヒーローたち

いつまでも少年の心を躍らせる

叔父《おじ》のサングラスを探す
夜店で仮面を買う
マフラーやターバンやマントは箪笥《たんす》の中の古着で作る
ピストルと腰に巻くベルトは隣のあんちゃんから借りる
みんなヒーローの必需品《ひつじゅひん》

屋根から屋根へ飛び移る
とうちゃんが大切にしているヒノキ材を持ち出してアジトを作る
人生を公園の砂場から学んだと人は言う
少年は小屋の屋根から学ぶ
次の時代を担う優秀なエンジンを持った少年

ホクロ

小学校五年生のとき眉間《みけん》にホクロができる
フランツ・カフカの『変身《へんしん》』ではないが朝突然起きた出来事
この日から少年のつらい日々が始まる
少年の前に来て手を合わせて「ナンマイダ　ナンマイダ」と拝《おが》んでは去って行く仲間
次から次へと何人も来ては同じことをする
怒りよりもだんだんとさみしく悲しくなる
思春期に入るといっそう気になる
爪《つめ》で削ってみたが血が出るだけ
かさぶたになるだけ
傷が治るとさらに大きくなる
鏡を見ては自分の境遇《きょうぐう》を嘆く

芥川龍之介《あくたがわりゅうのすけ》の小説『鼻』に登場する長い鼻の僧都《そうず》のようにためいきをつく
高校に入って三日目に走り幅跳びで右足を折って入院
医者ならほんの十分間でホクロをとってくれると聞いたことがある
とってもらうには良いチャンス
回診に来た若い医師に勇気をもってお願いする
医師は「額《ひたい》の上のホクロは買ってでもつける人もいる」と言う
この一言で気持ちがいっぺんに楽になる
ホクロは「お釈迦様《しゃかさま》が悪に染まることを防ぐためにつけたのではないか」と思う
マスクをしても
サングラスをかけても
目の横にあるホクロを隠すことはできない
強盗《ごうとう》をして逃げてもすぐにばれてしまう
私のホクロは眉間のまん中にあるのではなくほんの少し右側にある
とても悟りの境地に入ったお釈迦様のホクロではない
気が小さいのに向う見ずな行動をする少年

そんな少年を守るために神様がホクロをつけてくれたのであろう

ゴールは十二兼駅《じゆうにかね》

中学生の朝は忙しい
宿題の残りをすばやくやり終え朝食をかきこむ
思春期に入った少年はちょっと髪の毛にクシを通して出発
十二兼駅《じゆうにかね》発七時七分の汽車《きしや》（蒸気機関車《じようききかんしや》）に飛び乗る
NHKテレビの七時の時報《じほう》を聞いてからスタート
スタートが三十秒遅れると乗車するのは危うい
二キロ半の道のり
踏む石も決まっている
いつもと同じ場所で汽笛《きてき》を聞く
今日もいいペース

ここでは油断大敵《ゆだんたいてき》
力を緩《ゆる》めず全力疾走《ぜんりょくしっそう》
ホームを通ることなく釜《かま》（機関車《きかんしゃ》）の前をすばやく横切る
すでに動き始めている汽車に飛び乗る
滑り込みセーフ
デッキのドアは開けたまま
外の風を入れて額から流れる汗を乾かす
まもなくトンネルに突入
コークスは臭く鼻の中は真っ黒け
学校の門をくぐると苦々しい顔をした担任教師が待っている
案《あん》の定《じょう》すでに駅から学校に電話が入っている
教室ではなく校長室へ直行
校長先生から授業前の有難い訓話《くんわ》
たった三十分間のスリル満点な時間
相当懲《こ》りたはずなのにまた数日後に挑戦

少年の特権《とつけん》は忘却《ぼうきやく》することなり
また時は金なり

牛乳とバナナ味の歯磨き粉

給食時に出る脱脂粉乳《だつしふんにゆう》の牛乳
苦くもあり甘くもあり微妙《びみよう》な味
たまには砂糖をオブラートに包んで家から持って行く
先生の目を盗んで器《うつわ》に素早く投入

高校受験の頃
少年の住む里にも瓶牛乳が入ってくる
美味しくて美味しくて一気に飲み干すのはもったいない
舌と唇で賞味しながらチビリチビリと飲む

ヤギの牛乳もうまかったが牛乳にはかなわない

歯磨きをする習慣もなかった頃
町場の仲間の会話が気になる
「俺は今日はバナナ味だ!」
「俺はイチゴ味だ!」
はじめはなんの会話かわからなかったがだんだんわかってくる
山奥に住む少年にとっては歯磨き粉を買うのも一大事

木曽郡陸上競技大会

木曽郡中の中学生が福島中学校に集合
応援団があふれて今にも木曽川にこぼれ落ちそう
体育館で昼食

母ちゃんが作ってくれた田麩《でんぶ》をのせたいなり寿司も母のお手製の玉子焼きも美味しい
傍らでは予選を通過した木材会社の社長の子息Mさんが弁当を食べ始める
Mさんは弁当を見せびらかしながら食べている
ウインナーとチーズの入ったサンドイッチ
サクランボにカニの爪の衣《ころも》揚《あ》げ
あの時の複雑な気持ち
誇らしさ半分羨《うらや》ましさ半分
まだまだ日本が貧しかった頃

昭和二十二年から続いた木曽郡陸上競技大会も令和三年で終幕

欅《けやき》の椅子

中学二年生の時

技術の授業で木製の椅子を作る
材料は自分で用意するように言われる
家中探したが適当な材料はない
学校帰りに木材会社に行く
適当な長さの材がない
三メートル以上もある欅の材を購入してかついで帰る
まだ生木の材は重く肩に食い込む
授業に入る
固くてカンナの刃が入らない
いくら削っても毛羽立《けばだ》ってしまう
苦労に苦労を重ねて何とか仕上げる
通知表の評価は五段階の二
今までで最低の成績
涙ぐましい苦労は報《むく》われず
十五回の引越しをしたがこの椅子はいつも持ち歩く

見た目はいかつく不格好《ぶかっこう》だったがいつも重宝に使われる
受難なときもあった
某日
三女は定規を持ち出しマジックで線を椅子の四方に引く
のこぎりで切り始める寸前にかろうじて妻が止める
五十余年家族と共に生き抜いてきた愛すべき欅の椅子
今は孫の遊び道具
いつまでも現役で活躍

入学三日目のけが

高校へ入学して三日目に走り幅跳びで右膝《みぎひざ》を骨折
今まで体験したことのない痛み
養護のS先生が坂下病院まで付き添ってくれる

あいにく整形外科の先生がいない
急遽《きゅうきょ》内科の先生が手術
即　入院
七月の初めまで三か月余の入院生活
退院して細く萎《な》えた足を引きずって登校
私を温かく迎え入れてくれた級友たち
入学記念写真の撮影も待っていてくれる
三か月のブランクは大きい
数学も漢文も物理も…まったくチンプンカンプン
数学のO先生は放課後補習をしてくれる
英語はリーダーとグラマーの授業があったがまったくわからない
古典は「虎の巻」を買って何とか乗り切る
クラスの友人に誘われて野球部に入部
今まで本格的に野球をやったことはない
ボールの握り方もわからず暴投ばかりだったがむしゃらに続ける

完治《かんち》しない足はふいに痛み出す
右膝の痛みは癒《い》えなかったが野球は続ける
必要な骨を取り去ってその上に神経を通したのが原因
骨は捨ててしまったと医師はいう
右膝の痛みは日々大きくなる
しかしうさぎ跳びとダッシュ走は誰にも負けない
学年末に再び手術をするために多治見県立病院に三か月入院
手術で取り去った骨を補うために臑《すね》の骨を削って皿の下の膝の骨に移植
十センチ近くもある長いボルトを二本打ち込み一年間固定
部分麻酔《ますい》のため患者の耳には骨を削る音とボルトを打つ音が鮮明に聞こえる
入院生活は長い
この年も伝統行事の南木曽岳一周の強歩大会は断念
三年生になって初めて待望の強歩大会に出場
二年間欠場したくやしさをぬぐうために優勝をねらう
初めてのコースは不安

思っていたよりきつい
気持ちだけあせり思うように走れない
途中水たまりに足を突っ込み痙攣《けいれん》をおこす
卓球部のＹ君は痙攣した私の体を心配して何キロも併走《へいそう》してくれる
自分の順位を落としてまで付き合ってくれる
この歳になってＹ君の優しさがわかる
ゴール近くだんだん耳は聞こえなくなる
風景は朧気《おぼろげ》に二重に見える
五位入賞！
時間は四時間二十二分（四十・三キロメートル）
目標は達成できなかったが悔いはない
人生でこんなに一生懸命走ったことはない

野球三昧《ざんまい》の三年間
もともとセンスはないので泥臭いプレーばかり

汗と泥にまみれてのがむしゃら野球
監督は「高校野球はプロでないから岡田のような野球でいい！」と言ってくれる
普段から劣等感の塊《かたまり》だった少年にとっては無性にうれしい
白いユニフォームが汗と泥のために黄銅色《おうどういろ》になる
汚いユニフォームを見かねたK先輩がお下がりをくれる
けがの完治後さらに俊足《しゅんそく》になり外野に上がったボールは確実にとり強肩で投げ返す
体育の教師から「おまえの肩はプロ野球選手以上だ！」と言われる

野球は楽しかったが学問はつらい思い出ばかり
入学して三日目のけがは進路選択には大きな痛手
基礎・基本がまったくできていない
いつも足もとが揺らいでいる
意味がわからないものは丸暗記
無茶な方法でがむしゃら勉強
力ない私にとって長い試練の時代に入る

暗い道も

部活動が終わるのは夜の八時過ぎ
遠くに蒸気《じょうき》機関車《きかんしゃ》の汽笛《きてき》を聞いてから学校をスタート
三留野《みどの》駅まで最短距離を走り汽車に飛び乗る
十二兼《じゅうにかね》駅で降りて家まで三十分の道のりを歩く
月明かりのある日は問題ない
星もない暗い日は白い石を頼りに一人黙々と歩く
ここから一つの哲学が生まれる

ときどき一年先輩のSさんと一緒に星空を眺めながら帰る
「科学」に強いSさんに様々な質問
「宇宙には限りがあるのか？」

「地球に星の光が届くにはどのくらいかかるのか?」
何を質問してもすぐに答えが返ってくる
そんな日は長い道のりも短い
科学者になった気分で帰宅

ときどき野球部のM先輩の運転する単車五十ccのオートバイに乗車
「政晴　乗れ!」
「しっかりつかまっておれよ!」
タイヤが斜めになったオートバイだがエンジン快調
「バッギュウー　バッギュウー」とけたたましい音を立てて夜の坂道を爆走《ばくそう》
先輩の温もりのある広い背中が頼《たの》もしい
無免許運転だったことは後の情報
もうとっくに時効《じこう》

東京の章

東京の章

イギリス海岸

「イギリス海岸」と言っても日本にある海岸
日本国岩手県花巻市を流れる北上川の河畔にある白亜《はくあ》の海岸
優秀なアンテナを持つ宮澤賢治はドーバー海峡を帯状に取り巻く白亜の海岸を知っていた
大正時代に賢治が命名した修羅《しゅら》の渚《なぎさ》
ここで教師賢治は生徒たちといっしょに水泳
第三紀偶蹄類《ぐうているい》の足跡やバタグルミの化石を発見
地質時代の末期

この渚はたびたび海
賢治作品『銀河鉄道の夜』では「プリオシン海岸」という名で登場

大学生時代
満天の星の下
イギリス海岸で野宿
シュラフ（寝袋）にくるまって夏の星座群鑑賞
いまにもこぼれ落ちそうな大粒の涙をためこらえた星々
かたわらに咲くシロツメクサの花からは露がこぼれ落ちる
北上川の先の林の中から蒸気機関車が汽笛を鳴らして飛び出して来ても不思議ではない
賢治作品『銀河鉄道の夜』はこの美しい星空があってこそ成立

イギリスに行ったことがない賢治
どのようにして賢治はドーバー海峡の白亜《はくあ》の海岸を知っていたのか
世界に向かってひろがっていった賢治の想像力とロマン

極東《きよくとう》日本国岩手県花巻市を流れる北上川の河畔の地名
銀河鉄道のプラットホームイギリス海岸
蒸気機関車「銀河」は南十字星に向かっていよいよ出発

窓ふきアルバイト

かろうじて大学に入学
アルバイト三昧《ざんまい》の大学時代
高校の野球部で鍛えた筋力にものをいわせたアルバイトばかり
ちょっとしたきっかけからビルの窓ガラス拭きのアルバイト開始
破れたジーパンをはいて道具を入れた大きな紙袋を持って関東一円を駆け回る
ビルの爆発事件が頻繁に起こっていた時代
時にはこの姿を見た私服警官から不審な人物として職務質問を受ける
国会議事堂　衆・参議院会館　東京証券取引所　三井銀行本店はじめ都内の諸銀行・郵便

局　自治労会館　浅草と後楽園の馬券売場　東京電力　都内の幼保・小・中・高・大の学校　学生寮　等々
ねずみ小僧のように手ぬぐいをかぶる
腕には会社名の入った腕章を巻き現場に入る
ドイツ製の魔法の砂の粉をまぶし適度に湿った薄手のタオルを用意
掌《てのひら》にのせ一気に汚れを拭き取る
誰もが目を見張る職人芸
室内では窓枠レールの溝に指をかけて拭くのが基本的なマニュアル
室外では窓から窓へ忍者のように移動しすばやく拭き取る
縄梯子《なわばしご》　一本ロープ梯子《はしご》　ゴンドラ　何でもこい　自由自在
どんな現場でもすばやく状況把握して適切に対応
タオルが乾く前に一枚でも多くの窓ガラスを拭く
時間が勝負の窓拭き

日本橋「旧東京証券取引所」の窓の開閉は上下移動

明治建築の老朽化したレトロな館
一仕事終え窓外から室内に入ろうとする
錆びついた窓枠は容易に上がらない
それでも力任せに上げる
窓枠が一気に上がり後ろにのけぞって落下
驚愕《きょうがく》!
瞬時死を覚悟
幸いにもすぐ下にあったコンクリート製の女性の裸体像にひっかかる
裸体像は命の恩人
救いの女神
まだ神には見放されない
本来ならば安全ベルトを締めて作業する現場
安全ベルトの使い方も知らないアルバイト学生の惨事
二か月ごとに国会議事堂や衆・参議院議員会館に行って窓ガラス拭き

国会議事堂の下は地下街
赤い絨毯《じゆうたん》が敷かれた大繁華街
どこの食堂に入っても食事は安価で美味
恵まれた環境の中で過ごす国会議員
部屋ごとに雰囲気が異なる議員事務所
長年いる議員の事務所の窓の前の小さな棚は盆栽ばかり
足の置き場をさがすのも一苦労
一鉢一鉢移動してくれる気配りのきく秘書がいる事務所
何人も秘書がいるのにまったく気にかけない事務所
某議員の秘書から冷淡《れいたん》な一言
「君たちはどうせ安い賃金で働かされているんだろう！」
この言葉に嘘《うそ》はないが何か違和感
こんな秘書を雇っている議員はどんな人物か想像できる
「男女平等」とか「人権尊重」をスローガンにして声高に言うが案外口先だけ
事務所でのうれしい出来事も多々

炎暑の夏
冷たい「カルピス」を「ご苦労様」と言って出してくれる秘書
額から流れ落ちる汗を拭いてくれる秘書
勉学に励むようにパーカーの万年筆を贈ってくれる議員
忘れられない懐かしい思い出

仕事終了後は係職員の点検
一点の曇りも見逃さない銀行
二番目に厳しい郵便局
金融機関にとっては窓ガラスは「いのち」
一番点検を簡単に済ませる学校
即印鑑を押してくれる学校
現場に足を運んで点検するのは稀《まれ》なこと
学校の窓ふきは息抜き場所
教室に入って窓ガラスを軽く触って退出

後は校長室と事務室の窓ガラスを念入りに拭けば完了！
学校現場は忙しい!?

旧東京証券取引所
今になっても心痛む苦い思い出の場所
作業を途中で中断して帰った現場
天窓《てんまど》は太陽光を入れるために全面イタリア製の高級ガラス
この天窓を拭《ふ》くのも我々の仕事
アルバイトを始めたばかりの髪の長い大学生
金属枠から足を踏み外して直接ガラスに向かって飛び込み
ガラスは下のフロアに落ち四方八方に大散乱
フロアに落下し貝殻状《かいがらじょう》に割れたガラスは一面諂曲模様《てんごくもよう》
幸い大学生は落下を免れ命拾い
誰にも報告しないでそのまま帰途につく
日雇いで安賃金で働いているアルバイト作業員の無責任さは相当なもの

翌日同じ現場に行ったが立ち入り禁止！
東京証券取引所の業務が半日ストップ
日本経済が中断した一大事件
その後証券所から社長に対する厳しい指導
日雇いアルバイト作業員を使って何十年も会社経営
履歴書《りれきしょ》の提出も求めず　保険もかけず　安全ベルトの使い方も教えず
この出来事以来安全指導を徹底した社長
我々に対しては一言も叱責《しっせき》しなかった社長
一言も愚痴《ぐち》をこぼさなかった社長
肝《きも》がすわった社長
百戦錬磨
ただ者ではない
発展する日本経済の裏を垣間《かいま》見る
千駄木《せんだぎ》にある某医科大学での窓ガラス拭き

窓外の足場が広い安全な現場
一部屋ごとにいちいちノックして入室して作業しなくてもすむ
室外でカニのごとく部屋から部屋に移動しての窓ふき
作業途中病院職員がつかつかと来て「今日は帰ってよろしい！」と無愛想に言う
窓ガラスを拭く姿を見ていた心臓病の患者の具合が悪くなったとのこと
喜んで帰ってしまった無責任なアルバイト学生

屋上やビルの隅の暗い控え室で昼食
ビルで働いている様々な職種の人々と親しく談笑
ボイラーマン　清掃夫　販売員　警備員　等々
昼夜を問わず働きビルを縁の下で支える人々
繁栄する日本経済を支える陰の立て役者
故郷で男勝りの仕事をしている母の姿と重なる

わが青春の高田馬場

上京するやいなやアルバイト開始
三年間余勤務した高田馬場駅近くの西友ストア
午後の六時半から九時半まで三時間勤務
時給は二百九十五円
仕事は商品のディスプレイ
菓子から缶詰《かんづめ》
ジュースから酒
マヨネーズからソース
楽しかった景品の展示
ミッフィーのシールの景品は大人気
客に渡す前に一つ拝借《はいしゃく》しアパート管理人の孫に贈呈
時間延長でわずかな手当

暮れには賞与《しょうよ》が雀の涙ほどつく
苦学生にとってはありがたい
アルバイト店員の主流は大学生と専門学校生
夏休みには高校生や主婦も加わる
時には香港人や台湾人の若者とも一緒に仕事
出身地も沖縄県から北海道まで全国津々浦々《つつうらうら》
初めは沖縄県と青森県出身の学生の言葉を聴きとるのは至難《しなん》の業《わざ》
そこは若者同士の柔軟な交流

国を越え都道府県を越えいつの間にか生涯の友人
共に働いたアルバイト仲間は五十年過ぎた今でもかけがえのない友人
同じ釜《かま》の飯を食った者同士の絆は固く尊い

仕事が終わった後が楽しみ
売れ残った惣菜《そうざい》や傷ついた果物を階長《かいちょう》（各階の責任者）が配給
ウナギの蒲焼《かばや》きも食べ放題

残り物が多い時は味わうよりも口に惰性《だせい》で入れることが優先
いつも飢えている苦学生にとっては最高の幸せ

失敗もたびたび
地下の狭い倉庫から高価なウイスキーをリフトで運ぶ
誤って半ダース入りの瓶を三ケースも台車から落として割る
ショックで青ざめる
ウイスキーの甘い匂いが店内にひろがる
弁償することを覚悟して恐る恐る階長室に謝罪に行く
私のしょげた顔を見た階長は
「岡田くん　まったく気にすることはないよ。高級ウイスキーを数本割ったからといって
つぶれる会社じゃない。破損の分はちゃんと予算に組んであるんだよ。また一生懸命やっ
てくれ！」と笑いながら言う
嬉しさと安堵感で胸がいっぱい

出勤時事務所に入ってタイムカードを押す
毎日のように万引き少年・少女が椅子に座っている
時々主婦やサラリーマンの姿もある
初犯は神妙《しんみょう》に反省すれば名前をひかえて帰す
ここで開き直ったり嘘《うそ》を言うと即警察
某日
「鉛筆一本万引きしたくらいで親を呼ぶな！」と言って威勢よく入ってきた少女の母親
この親子は有無も言わせず即警察行き
この店の毎月の被害額は数十万円
万引きは重大な犯罪であることを知った東京時代

レコード盤逆走

一九六八年

高校の卒業時作られたフォークソング「悲しくてやりきれない」は一世を風靡《ふうび》
政治色が強いという理由でザ・フォーク・クルセダーズが歌う「イムジン河」が発売禁止
憤懣《ふんまん》やるかたない彼らはレコード盤を逆に回してこの歌を作る
失恋の悲しみも知らなかったがなぜかこの歌に惹かれる
人のいないところでしみじみ歌う
大学に入ってから本当に失恋
改めてこの歌を寂しく歌う
私のカラオケの持ち曲は三曲だけ
「エーデルワイス」と「ムーンリバー」を歌い終わった後はこの歌のみ
明るい歌の後に歌うと拍子が悪い
時々宴の雰囲気を損《そこ》なう
某飲み屋では気の利いた店主がリクエスト前にこの歌をかけてくれる
某日　歌唱力の評価が採点されるカラオケ機の前で熱唱
カラオケ自慢の輩《やから》たちを押さえて最高点
カラオケ嫌いの私にとっては最良の日

長年の音痴《おんち》恐怖症《きょうふしょう》もこの日は返上
我が愛する歌「悲しくてやりきれない」に乾杯

キャンパス挿話《そうわ》

マンモス大学の出欠席確認は実にいいかげん
学生の名前を早口で呼び返事を求めるA教授
何種類もの声色《こわいろ》を使って代返《だいへん》をする学生
授業の最初に助手に小さな出欠カードを配らせるB教授
名前と学科名を書いて提出すれば出席完了
要領のいい学生もいる
カードを提出するやいなや身をかがめて室外に脱出
アルバイトに行く者はまだ救われる
だいたいは大学近くの雀荘《じゃんそう》へ直行

Ｃ教授はこういう要領のいい学生を見逃すことができない性分
某日　授業は急遽《きゆうきよ》自習
学生の後を追いかけ雀荘まで追跡
正義感が強く誠実で骨太の教授
それからは抜け出す学生は少なくなったという
嘘か本当かわからないが学生の笑いを誘う

某日
キャンパスで昼飯をとる
私の所に相当年長《た》けた学生が近づいて来る
「私は、学生結婚して子どもが二人います。妻と子どもを養うために働いています。
今、大学七年生です。何とか来春には卒業したいと思っています」
まだ話は続く
「後二単位で卒業ですが会社の都合でどうしてもこの時間だけは授業に出られません。
誠に申し訳ありませんがあなたに出席の代筆・代返をお願いしたい」

その学生の誠実な話しっぷりについ承諾
ばれれば二人とも退学もの
この学生は翌春無事卒業
御礼にと結構高価な品物をいただく
何をもらったのか思い出せない
なぜ私に頼んできたのか
いまだにわからない

何も生まれない

「テロは絶対《ぜったい》に認めない！」
欧米諸国《おうべいしょこく》の為政者《いせいしゃ》は主張
某日　キャンパスのベンチで革マル派学生と論争
一時間が二時間になり

そして八時間を優に超す
授業も出ず昼食もとらずに論戦
やがて喉《のど》はかれ声が出なくなる
自分の思想以外は絶対に認めない
この姿勢からは何も生まれない
われこそ絶対神《ぜったいしん》なり
宇宙の真理なり
ひとつの思想に凝《こ》り固《かた》まることのむなしさ　さみしさ　そして恐ろしさ
道元禅師《どうげんぜんじ》は中国に行ってただ一つ「柔軟心《じゅうなんしん》」を学んで帰国

人生を教えてくれた漫画

戦後の自由と民主主義の社会
若者は新しい学問や文化をもとめ人生を切り拓《ひら》く

安保闘争《あんぽとうそう》前後の若者は多様な価値観を求める
哲学から人生を学ぶ若者
映画から人生を学ぶ者
音楽から人生を学ぶ者
やがて漫画から人生を学ぶ者が出てくる

漫画界は手塚治虫《てづかおさむ》を筆頭に百花繚乱《ひやっかりょうらん》
虫プロダクションを設立した手塚治虫はアニメ制作に挑戦
長井勝一《ながいかついち》率いる出版会社「青林堂《せいりんどう》」は神保町の古い材木屋の二階で雑誌「ガロ」を発刊
全国から集った無名の漫画家の卵たちが競って腕を磨く
戦後の多様な思想を反映し様々なスタイルで斬新《ざんしん》な漫画を描く

手塚治虫
漫画界のパイロットとなり日本のみならず世界の漫画界をリード
医学博士の手塚治虫は無免許医師『ブラックジャック』を主人公にして戦後体制に挑戦

科学・医学用語を使い宇宙まで視野に入れたグローバルな作品はすぐに子どもたちを魅了
『鉄腕アトム』はやがてアニメとなって世界の空を飛び交う
永劫《えいごう》の生命《いのち》の流れをテーマにした『火の鳥』は次々に続編が出版される
地球の誕生から未来の地球や宇宙の姿を描く
人間の業《ごう》や縁《えにし》を描くことによって生きることの意味を問う
科学の無限の可能性を信じながらも一方限界も説く
二十一世紀に入り手塚の推理・想定した世界は次々と実現
未来の地球を見届けることなく六十歳で昇天

永島慎二《ながしましんじ》
手塚漫画から大きな影響を受けた青春ロマンの漫画家
阿佐ヶ谷《あさがや》や新宿でフーテン暮らしをしながら青春の光と影を美しい線と豊かな色彩で描く
大胆なカメラワークを駆使してせつない恋愛を描く
寡黙《かもく》な作品は寂しく切ないが限りなく温かく読者の心の内奥に刻み込まれる
経済力が加速していく中日本の漫画は月刊誌から週刊誌になる

丁寧に下描きをし納得のいくまで推敲《すいこう》を繰り返し描いてきた漫画家は棄権《きけん》・廃業《はいぎょう》
永島慎二は三十六歳で遺作集『漫画のおべんとう箱』を発行し漫画界を去る
丸太のような厚い遺作集はアルバイトをして一万円で購入
この後追うようにして心ある出版社は次々と姿を消す

ちばてつや
戦後満州から命からがら母国に帰った漫画少年
スポーツ漫画と少女漫画を描き少年・少女の心を虜《とりこ》
少年の心を深く掴《つか》んだ『ちかいの魔球』『おれは鉄兵』『あしたのジョー』『ハリスの旋風《かぜ》』
新しい時代の女性の生き方を描いた『パパのお嫁さん』『ユキの太陽』『リナ』
子どもと真剣に向かい合う熱血教師を描いた『アリンコの歌』『みそっかす』『島っ子』
家族の絆《きずな》の大切さを描いた『ユカを呼ぶ海』『テレビ天使』『ママのバイオリン』
滝城《たきじょう》太郎《たろう》を主人公に悲惨な戦争と平和の尊さを描いた『紫電改《しでんかい》のタカ』
高度経済成長時代に入り損なわれていく自然を描いた『蛍三七子《ほたるみなこ》』
いずれの作品も子どもたちの心《そこ》をしっかりとらえて離さない

続々登場してくる漫画界の戦士たち
白土三平　つげ義春　寺田ヒロオ　関谷ひさし　石森章太郎　山上たつひこ
松本零二　横山光輝　ますむらひろし　つのだじろう　川崎のぼる　青柳裕介
村野守美　真崎守　藤子不二雄　赤塚不二夫　水木しげる……
漫画を愛し次代を担《にな》う子どもたちのために希望と夢のある漫画が描かれる
一方　時間に追われて描かれる粗雑な漫画が量産される
日本の漫画界は今どこを歩いているのか

檸檬爆弾《れもんばくだん》

ベトナム戦争が続く一九六〇年代
授業をつぶして戦争反対の学年集会
仲間と一緒に教授の研究室に行って丁重にお願いする

一言「ああ　いいよ！」
担任の出口保夫《いでぐちやすお》教授（英文学）はいつも快諾
その代り「私も参加させてくれ！」と言う
この理解ある教授は令和元年逝去
学内に革マル派・中核派が潜入し燃える教室から椅子・机が落下
機動隊がキャンパスに入り催涙《さいるい》ガス投下
機動隊と過激派学生がこぜりあい
普段は傍観しているノンポリ学生も「革マル出て行け！」「機動隊帰れ！」と大号令
テストの範囲が掲示板に貼られると即撤去
テストが中止になればレポート提出

学内混乱の中仲間四人で同人誌「檸檬爆弾《れもんばくだん》」を発行
同人誌名は小説家梶井基次郎《かじいもとじろう》の著わした小説名「檸檬」を拝借
青色のボールペン原紙に書いた原稿を一枚一枚手刷り印刷
四人は仲間の住宅を順番に渡り歩いて作成

詩あり短歌あり俳句あり随想あり小説あり何でもあり
小さな炬燵《こたつ》に入ってあれやこれや思案
ホワイトホースを入れた紅茶を飲みながら議論
三百部限定で印刷しホッチキスで綴じ学内で百円で販売
表紙・装丁担当は福島俊彦《ふくしまとしひこ》
資金調達・備品購入は犬飼　繁《いぬかいしげる》
販売担当は荒武健二《あらたけけんじ》
私は編集記者となって原稿依頼
多くの仲間が共感し原稿を寄稿
時には「宮澤賢治論」を書いた私と「太宰治論《だざいおさむろん》」を書いた犬飼繁と時間を忘れて激論
季語もあやふやで感情だけが先行した短歌
字余り字足らずの自由律ぎみの俳句
周囲からあまりにも稚拙《ちせつ》だという声あり
執筆者の思いありつぶやきあり
鬱積《うっせき》していた多くの仲間の声が文字になりはねる

ささやかな小冊子であったが賛同者多く常に完売
十二号で廃刊
様々な青春ここにあり
四十年過ぎた今復刻《ふっこく》の話あり

家族の章

家族の章

母の修学旅行

九歳の時に実母を喪《うしな》った母
母の死のために伊勢神宮への修学旅行に行けなかった
どんなに仲間と一緒に行きたかったことか
それ以来寂しい思いを背負って生きてきた母
仲間からは一歩下がって過ごしてきた
そんな母のせつない思いを知った子どもと孫
母の修学旅行を六十年ぶりに計画

総勢《そうぜい》十七人の大旅行になった
木漏《こも》れ日の中順番に車椅子を押して伊勢神宮の砂利道を内宮《ないくう》に向かう
母は少女のような笑顔になった
母の人生の落とし物をやっと拾い上げた

仏壇の前で

仏壇《ぶつだん》の前で最初に祈ること
いつも自分と家族のことばかり
家族がみんなが健康であること
子どもが入試に突破できること
子どもが希望の職に就けること
子どもに良い伴侶《はんりよ》がくること
しばらく時間がたってから祖先の方々のご冥福

やっと親類縁者や隣近所の方々への感謝の祈り
最後に人類の幸福と世界の平和を祈る
世界ぜんたいの幸福を祈るまでには時間がかかる

とんでもない孫たち

母親の躾《しつけ》によって仏壇の前で正座する孫たち
線香《せんこう》を立て合掌《がっしょう》し意味不明な言葉で読経《どきょう》
ここまではいい
仏壇に上がり位牌《いはい》を持ち出す
次に線香や蝋燭《ろうそく》も持ち出し折っては投げる
これだけならまだいい
ぎこちない小さな手でマッチを擦《す》って線香や蝋燭に火をつける
終いには香炉《こうろ》の中の灰を吹き出し香炉をひっくり返す

神聖な仏壇や仏具もいつのまにか玩具《おもちゃ》に変わる
「コラッ！　この罰当《ばちあ》たりめ！」と叱りたい私
妻はそんな私の心を察して
私の傍《かたわ》らにすかさず身を寄せて
「先祖様もこんなに孫にかまってもらってさぞ喜んでいらっしゃることでしょう」と囁《ささや》く
こんな罰当《ばちあ》たり坊主も次代を担うわが家の宝物
わが国の大切な財産

孫に教えられて

正座し合掌《がっしょう》してから「いただきます」をする孫
合掌もしないで箸《はし》を持つじいちゃんの顔をのぞき込み
けげんな顔をする孫

道路工事現場の信号機が「青」になる前につい発車してしまうじいちゃんの車
「だめだよ！」と言ってじいちゃんを諌《いさ》める孫

交差点の停止線をつい越えて止まるじいちゃんの車
窓から道路上の白線とじいちゃんの顔を見て訝《いぶか》しげな顔をする孫

「じいちゃんの目も耳も悪くなったから許してくれ！」

理屈《りくつ》を言っては逃げる

野の実は大切なおやつ

我が家に遊びに来た孫たち
車から飛び降りるやいなや
一目散《いちもくさん》に庭の傍《かたわ》らの畑に向かってダッシュ

春は亡き祖母が大切に育ててきた赤イチゴ
夏は父が鉢植えしたミニトマト
秋は祖父母が結婚記念に植えたブルーベリー
冬は祖母が軒先《のきさき》に下げたずくし柿
実についている砂もごみもかまわずズボンで拭いて躊躇《ちゅうちょ》することなく口に入れる
それを見ていた若い母親は「誰が教えたんだ！」と言いたそう
渋い顔をして祖父をにらむ

四季折々様々な植物が実をつける木曽谷
スグリ　コンメ　ヨードミ　キイチゴ　クマイチゴ　アケビ　ハタンキョウ　ホオズキ
ヤマナシ　サクランボ　クワの実　イチジクの実…あげれば切りがない
いつ飢饉《ききん》に襲《おそ》われても戦争が起こっても生き延びることができる孫たち
生きるための実践教育

よみがえる幼い日

希薄《きはく》な幼い日の記憶
縁側から落ちて頭を打って痛かったこと
じいちゃんに高い馬の背に乗せてもらって怖かったこと
寝小便をした冷たい布団の上にかあちゃんがいつのまにか寝ていたこと
不透明な記憶はたくさんあるが途中で途切れてしまっている
ところが最近気づいたことがある
八人の孫が途切れていた私の記憶をふとよみがえらせてくれる
かるた取りで上からおおいかぶさって人にとらせない孫
決まり悪くてなかなか泣きやめられないでいつまでも泣いている孫
客人が来るとそそくさと奥の部屋に隠れる孫
都合の悪い話は大声を出し耳をおさえてさえぎる孫
「おまえの小さい頃にそっくりだ！」と言われそうだ

この齢《よわい》になって幼い日の記憶がふとよみがえる
うれしいやら　はずかしいやら
「孫の振り見て我が振り直せ」

我が家の庭事情

木曽の山を長年治めてきた父
好みの木をこいで来ては庭に植樹
隣近所から株分けしてもらった花の苗を庭に移植する母
剪定《せんてい》のために大きな脚立《きやたつ》を強引に花壇に入れる父
蒔いた花の種や植えた花の苗が踏まれ嘆く母
母の怒りが頂点にくると衝突して色とりどりの火花が散る
花壇に植えた花が剪定の邪魔になると声を荒げる父
今は亡き父母の懐かしい会話

父が老いてからの剪定係は私
この頃足腰が弱り剪定がつらい
植えて五十年を過ぎ大木になった木々
高木は植えるものではないと後悔することしきり

父が植えた木々との陣地合戦で頑張ってきた母が植えた花々
母が亡くなって十数年たった今
四季折々順番に咲く可憐な花々
百《ひやっ》花《か》繚乱《りょうらん》
母の思いは一輪一輪の花
母が丹精《たんせい》込めて育てた花々
孫と曽孫《ひまご》がいっぱい抱えて墓参り

教え子の母

教員時代八学級を担任
人間としても教員としても力量《りきりよう》不足《ぶそく》
いつも失敗ばかり
今なら指導力不足教員として特別研修を受講
幸い一人の教え子の命を失うことがなかったことはせめてもの救い
危ういときは何度かある
風邪をひき肺炎を併発《へいはつ》した生徒
体温が四十一度を越えた生徒
奇跡的に熱は下がって一命をとりとめる
母親は涙を流しながら語る
今まで子どもたちにはいろいろ期待してくる
運動会の疾走《しつそう》で一位になること

テストで百点をとること
生徒会役員になること
絵や書で入選すること　等々
子どもが生死の境をさまよったとき
もうそんなことはどうでもいいと思ったと言う
ただ手を合わせて「助けてください！」と祈るだけ

自慢の孫

賞状を持ってじいちゃんに見せに来る孫
笑顔で孫を抱き寄せるじいちゃん
周《まわ》りの人々にわざと聞こえるような大きな声で叫ぶ
「どんなに俺の能力を隠しても孫に出てしまう。隠しきれんな！」
目《め》元《もと》をほころばせて言う

いかにももっともらしく、しらじらしく言うものだから、周りの人々は爆笑《ばくしよう》

運動会で一等賞をとった孫を見たじいちゃん
「やっぱり隠しきれんなあ。孫に出るもんだ！」と自慢《じまん》
さらに「もう少し足が長かったらオリンピック選手だった！」と付け加える
これはちょっと調子に乗って勇み足
もっともらしく言うからまた笑いを誘う

年取り

一年のうちで一番のご馳走《ちそう》が食べられる年取り
祖先代々受け継いできたお膳《ぜん》の前で正座
すぐに足のしびれを切らす慣れない正座
とうちゃんが削ったヒノキ製の箸

ばあちゃんが大切に守ってきた大きな漆塗りのお椀
年取りのために搗《ひ》いたばかりの新米
ご飯をこぼすとすかさずピッシと膝に飛んでくるじいちゃんの固い手
風呂焚きの残り火で焼いた上等な天然鰤《ぶり》
一度に食べるにはもったいない
お膳の下の引き出しに入れて小正月まで保存
なかなか食いちぎることができない天然《てんねん》酢蛸《すだこ》
茶碗《ちゃわん》蒸《む》しの中の銀杏《ぎんなん》と百合根《ゆりね》をさがす少年
二つずつ入っていれば大当たり
肉は少年が師走まで飼っていたウサギ
一切れも口にしないかあちゃん
苦手な葱《ねぎ》と烏賊《いか》の味噌和《あ》えと赤かぶのナマスはそっとばちゃんのお椀に入れる少年
タッックリと煮豆《にまめ》はまああの好物

子どもたちの笑い声が大晦日の夜空に響く

外に出て天に向かって来年への抱負を立てる少年
やがて音もなく降り始める綿雪
シンシンとふけゆく大晦日の夜

父母の宝物

四十数年ぶりに故郷に帰る
十八歳で家を出た少年
それ以来父母と同じ屋根の下で住んだのは三年だけ
父母へのプレゼントは北海道旅行ぐらい

亡き父母の部屋の押し入れの掃除
大学時代に家に出したはがきや手紙が出てくる
きちんとゴムに巻かれ箪笥《たんす》の中に保管

書いた本人でも解読するのが困難な達筆《たっぴつ》な字
内容はお金の請求ばかり
お金の額の部分だけが大きな赤字になっている
親の苦労も知らないでよくもこんな勝手なことが書けたものだ

私が送った写真が数冊のアルバムに丁寧に貼られている
写真の下には父母の一言添えられている
節《ふし》くれ立った手で書かれた文字はありがたく眼にしみいる
海外視察研修に行った時に買って来た土産《みやげ》が新品のまましまってある
フランス製のネクタイは父への土産
中国製のシルクのスカーフは母への土産
なぜ使わなかったのか
まだまだわからない父母の思い

三姉妹

赤石岳の雪解けの水
小渋川《こしぶがわ》となって伊那盆地をうるおす
四季美しい大鹿村は日本一の桃源郷《とうげんきょう》
秋生まれの長女明恵《あきえ》は南アルプスの麓《ふもと》大鹿村小渋川の産湯《うぶゆ》を浴びる
春夏秋冬
四季の艶《つや》ある光と慈《いつく》しみある風を浴びて健《すこ》やかに育つ
京都栂尾《とがのお》高山寺《こうざんじ》の明恵上人《みょうえ》から名前を拝借《はいしゃく》
この名前が気に入った義父は「みょうけいさん」と呼んで初孫《ういまご》を愛《め》でる
頑張り屋で好奇心旺盛《こうきしんおうせい》な長女は何でも挑戦
アイスホッケーに　演劇に　そして菓子作り
やがて保育士になった長女
持ち前の明るさと愛情で子どもを温かく抱込む

結婚式には花束を持った多くの園児が駆けつける

春生まれの次女晴恵《はるえ》は大鹿村には一日いただけで父の故郷木曽に帰る
木曽の山から顔を出す濃縮《のうしゆく》な太陽の光を浴びる
清澄《せいちよう》なライムグリーン色の水をたっぷり飲んで育つ
おてんば娘は野山を駆け回り田んぼに入って泥だらけ
巴御前《ともえごぜん》二世
父の名前の一文字「晴」を与えて「晴恵《はるえ》」とする
心優しい次女はどんなときでもいさかいを嫌う
いつも仲裁役《ちゆうさいやく》に回る穏やかなカウンセラー
運動神経は抜群
バトミントンや陸上に励み大会ではいつも上位入賞
スカートは似合わずいつもジャージを好む
やがて小学校教師になった次女
恵まれた幼児体験を重ね合わせて慈しみ深い指導

どんな子どもからも心から慕われる

夏生まれの三女夏苗《かなえ》は二キログラムもない未熟児で誕生
なかなか退院かなわずバスケット生活一か月余
炎天下　田んぼで茎太く青々と育つ夏の稲の苗を見た父
夏の苗のように強く生きていくこと願い「夏苗《かなえ》」と命名
小学校時代
車がエンストしてオロオロする父
車のトランクから次々と用具を持ち出し修理にかかる
今でもだいたいなものの修理は朝飯前
音楽に興味をもち吹奏楽部に入りフルート演奏
高校卒業後は一転して美術大学入学
織物や染色《せんしょく》に生きがいを見出す
その傍《かたわ》ら愛らし童画を描いては各地で個展開催

同じ窯《かま》で生まれ育った三姉妹だが備わった能力は異《こと》なる
三姉妹の人生は始まったばかり

スポーツマン金太郎

久しぶりに孫が来る
じいちゃんの書庫《しょこ》に忍び込み漫画本を引っ張り出す
野球に夢中な次男
本棚から野球物の漫画ばかり選んでは畳の上に投げ出す
ちばてつや作の『ちかいの魔球』
梶原一騎《かじわらいっき》作の『巨人の星』
寺田ヒロオ作の『スポーツマン金太郎』等々
時間をかけて物色《ぶっしょく》する
結局最後に選んだ漫画は寺田ヒロオが描いた『スポーツマン金太郎』

手塚治虫《てづかおさむ》が設立した「虫プロ」が昭和四十三年に出版した全三巻の漫画
いまやプレミアがついて神保町《じんぼうちょう》の古本屋街では三冊で五万円
じいちゃんの大学時代に虫プロダクションが倒産
会社の清算《せいさん》のため神保町の店頭で一冊百円で売られる
その時幸いにも一セット手に入れる
孫はまず一読
他の野球漫画を読んだ後またこの漫画を持って来て再び読み始める
全部読んだ後今度は下巻から読み始める
読み終わるとまた上巻から読み始める
阿智村の家に帰る間際《まぎわ》にまたこの漫画を持って来て読み始める
結局自分の家に持って帰る
何が次男の心をとらえたのか
心ゆさぶる何かがある
本物は時代を超えて光り輝く

妻と「笑点《しょうてん》」

毎週日本テレビで放送する「笑点《しょうてん》」は五十年以上も続く人気テレビ番組
我が家でも人気ランキングは第一位
何はなくても日曜日はこの番組を鑑賞
この番組が始まる午後五時三十分前にすべての仕事を終えねばならない
妻の機嫌《きげん》のバロメーターを見るにはこの番組が一番良い
機嫌の良いときは笑いが絶えない
ご機嫌斜めなときは笑える場面でもまったく無言
こんな時はだいたい夫側に原因がある
また厳しくも楽しい一週間が始まる
桂歌丸師匠《かつらうたまるししょう》　平成三十年七月二日没
ご冥福をお祈り申し上げます

今になってやっと気づく

すでに三十路《みそじ》を越えた三人の娘
今ごろ遊園地やディズニーランドに連れて行ってもらったことは一度もなかったと言う
寺院仏閣と美術館と古本屋街ばかり
奈良・京都に行けば寺院仏閣ばかり
上野に行けば美術館巡り
神田に行けば神保町《じんぼうちょう》の古本屋街散策
他にせいぜい行っても海水浴場か動・植物園
確かに写真は寺院や美術館の前で撮ったものばかり
あれから三十年も過ぎた今頃になって
なぜわが家族は遊園地や娯楽場に行かないだろうと思ったとふと言う
「子どもの心親知らず」

ずいぶんワンマンで強引な父親
親になった三人の娘たちを見るにつけそんなに悔《く》やむこともないだろうと開き直る
古本屋街に行ったことにより本好きになる
人生の伴侶《はんりょ》となるような良き本をたくさん発見する
名画を観ることによって絵を描く喜びを知る
旅をして多くの人と出会い交わることによって愛される保育士や教師になる
なかなか治《なお》らなかった二女の指しゃぶりも奈良・京都のお寺さんを拝んだら治る
三女は音楽と美術の道に足を踏み入れ芸術を味わう喜びを知る
父親はまんざら悪いところばかりではないと再び開き直る
自己弁護することしきり
潔《いさぎよ》くない父
長野冬季オリンピックの時
娘たちと生徒指導も兼ねて長野市中のクレーンゲーム店を巡る
このことを思い出せば少しは許してもらえるだろう

さんざん父とやり合う

大学生時代
帰省するとまず母のいる台所に行って座り込んで話し込む
めったに父と膝《ひざ》を交えて話すことはない
イデオロギーの強い本を読んでは帰省
憶《おぼ》えたばかりの半生《はんなま》の語彙《ごい》を駆使《くし》して父と論争
一雨降れば流れてしまう知識を使ってどう立ち向かっても応戦できるわけがない
「お墓なんかいらんじゃないか」
「天皇制は必要ないじゃないか」
「なんでアメリカの言うことばかりを聞くのか」
つい最近読んだ数冊の本をつまみ食いしては過激な発言
一流の評論家のようにもっともらしく主張
百戦錬磨《ひゃくせんれんま》の父

人生体験豊かな父に片手間にあしらわれる
付焼刃《つけやきば》の薄っぺらい知識なんかいっぺんに吹き飛ぶ
父は感情的になることもなく終始笑顔で応対
父は怒り拳《こぶし》をあげたことは一度もない

晩年病床についた父は「おまえはりっぱだ！」とよく言う
うれしさもあるが浅学非才な私にとっては歯がゆい
父が亡くなってまもなく十年になる
時が過ぎれば過ぎるほど父の偉大さがわかってくる
父の遺《のこ》した有形・無形の財産がだんだんと大きくなってくる

私の貼《は》ってきた一夜漬けメッキもここへきていよいよ剥《は》がれ始める
しょせん一雨降れば流れ落ちるメッキ
もっと父の思いを聴いておけばよかった
親孝行したい時分には親はなし

月が居た

孫をおんぶして外に出る
孫は夜空を見てキョロキョロ
「じいちゃん　居た！　居た！」と身を躍らせながら叫ぶ
何が居たのか不思議に思うじいちゃん
西の空に出た細い細い月を指さす
まるで「黄金《おうごん》の鎌《かま》」
鋭い刃《やいば》のような新月《しんげつ》
よく見つけたものだ
擬人法《ぎじんほう》も見事に使いこなす孫
孫にとって月は大切な友だち
「本当は月には兎《うさぎ》はいないんだよ」と言った学者がいたが孫には無縁の世界

宇宙の縁《えにし》

二人の出会い
生命《いのち》が誕生
夫婦は子どもの寝顔を見ながら思う
たまたま家の子どもとして生まれてきたのではない
やっぱりわが家の子として生まれてきた
はるかに遠い昔から決まっていた
生命の流れは決まっていた
宇宙の神や祖先に感謝
気が遠くなるような永劫《えいごう》の宇宙の流れの中で生命は遍歴《へんれき》し邂逅《かいこう》
解明できない形而上学《けいじじょうがく》
不思議な縁《えにし》

生命《いのち》の連続
奇跡の連続

故郷の章

縁側《えんがわ》と日本人

この世に生を受けて初めての痛い思い出
縁側から転落
幼い日の記憶が鮮明によみがえる

縁側は足が不自由になったばあちゃんの社交の場
一日中縁側に座って留守番
道往く人に声をかけるばあちゃん

「寄って行かんしょ！」
「良い天気だねえ！」
「今年の稲のできはどうじゃい！」

縁側は子どもの遊び場
メンコ　オハジキ　カルタ　トランプ　ハナフダ…
広い縁側で寝転んだり
飛び上がったり
跳ね回ったり…

雨の日
物干《ものほ》し竿《ざお》は縁側に入れられ洗濯物乾し場になる
天気の日
筵《むしろ》に干《ほ》された大豆《だいず》や小豆《あずき》が音を立てて莢《さや》をはじく縁側
縁側で干された柿や芋は腹を空《す》かした子どもたちのおやつ

大きな唐草模様《からくさもよう》の風呂敷《ふろしき》をしょってやって来る美濃《みの》の商人《あきんど》
縁側いっぱいに衣類や陶器や金物《かなもの》を陳列《ちんれつ》
ひっぱったり　たたいたり　品質の良さをアピール
縁側に座り込んだ郵便屋さん　保険屋さん　竿《さお》屋さん　焼き芋屋さん…
開放された小さな市場《いちば》
縁側の下は四季寒暖調節できる野菜の貯蔵庫

にわか床屋《とこや》になった父ちゃんに縁側に連れて行かれる少年
坊主頭を容赦《ようしゃ》なく食いちぎる年期《ねんき》の入ったバリカンに何度も落涙《らくるい》

縁側での味噌玉造り
手製の藁靴《わらぐつ》で煮《に》上がった大豆を「熱い！　熱い！」と言って踏む父ちゃん
縁側での自家製の茶葉《ちゃっぱ》作り
蒸《む》し上がった葉を竹ザルに入れて「熱い！　熱い！」と言って揉《も》む母ちゃん

教養を培《つちか》い知恵を生み出してきた縁側
日本の生活と文化を担《にな》ってきた縁側
慈《いつく》しみあるやわらかい陽《ひ》ざしが入る縁側
青空の下の応接間
日本風のカフェ
ゆとりある遊びの場
仕事の場
憩《いこ》いの場
交流の場
日本人の心の拠《よ》り所

高度経済成長時代に入り日本人の生活は軌道《きどう》修正
ちょっと前までどこの家でもあった縁側
今は縁側のある家は博物館行き

故郷の光景は一変
部屋二間《ふたま》で生活する若夫婦と子どもたち
縁側は贅沢《ぜいたく》な空間
縁側は思い出いっぱいの心の故郷

石原の草を刈る

宮澤賢治の詩「告別《こくべつ》（作品三八四番）」の中に「石原の草を刈る」という言葉が出てくる
もっとも好きな詩でいつも心に抱《いだ》いて過ごしている
十八歳で木曽を離れ上京した少年は草を刈った体験は少ない
四十数年ぶりに故郷に帰り草を刈る
広大な農地や野山の草刈りはつらい
賢治の詩の世界に浸《ひた》ることができると思えばこれも心地よい
賢治の詩は今までは文字の上で味わうのみ

草を刈るようになってから詩の心や心象が実感できる
じいちゃんもばあちゃんもとうちゃんもかあちゃんも簑《みの》を着て雨の日も風の日も草刈り
鎌《かま》の刃《は》を石にぶつけ火花を散らしながらの草刈り
少年の草刈りの腕前はまだ序《じょ》の口
祖先の人々は石ころばかりの痩《や》せ地を切り拓《ひら》く
開墾した祖先の人々の労苦に思いを馳せる

古来から岩の上には神が降りて宿ると言う
故郷「岩倉《いわくら》」の地は字のごとく神が舞い降りた岩でできた神聖な地
アイスランドでは岩山は妖精《ようせい》が住む教会だという
どこの国でも神聖な場所
この土地で草を刈ることは名誉
この故郷で草刈りに精を出す
この詩の最後に賢治は語る
「みんなが町で暮らしたり一日あそんでゐるときに／おまへはひとりであの石原の草を刈

る／そのさびしさでおまへは音をつくるのだ」
賢治の世界はいつもすぐ目の前に在る

ローテンブルクと妻籠宿

ドイツの田舎町ローテンブルク
第二次世界大戦で町の四割以上が損壊《そんかい》
復興《ふっこう》は不可能と言われた町
心を一つにして立ち上がる市民
やがて奇跡の復興

高度経済成長時代の波に追われた妻籠宿
砂埃《すなぼこり》が上がるひなびた町
厳しい状況の中で立ち上がる住民

日本で初めて公民館活動を始め妻籠宿を復興
二十数年前ローテンブルク市長が妻籠宿を来訪
姉妹都市提携《ていけい》を提案
両地域に諸事情があって不成立
何千キロも離れた町と町
今でも志《こころざし》は同じ

かつてフランスから木曽開田高原にやって来た女子大学生ジャーヌ・コビー
一年住んだ後古民家と日本の家族の歴史を母国に持ち帰る
開田高原の古民家をそのままパリの公園に移築
金箔をはった建物や仏像はいくらでもある
囲炉裏《いろり》から出る煙や煤《すす》で拭《ふ》き込んだ黒光りする柱や壁をもった建物や仏像は少ない
古民家といっしょにそこに住んでいた家族の息吹《いぶき》や歴史も持って帰る

春夏秋冬　木曽五木の香りに包まれた旧中山道《なかせんどう》
木漏《こも》れ日を浴びながらせせらぎの音に耳を傾けながら街道を下る
旧中山道の一宿妻籠宿に安らぎを求める
木曽で新たに始まった心と文化の東西交流

野の仲間たち

田んぼの泥沼《どろぬま》で愛らしい顔を出して遊ぶ赤い腹のイモリたち
掌《てのひら》にのせると左右にピコピコ動く
デキモノで苦しんでいる子どもは焼いて食べるとすぐに治《なお》る
ショウブの生える田んぼの取水口に住んでいるドジョウ
一気に鍬《くわ》を入れ泥といっしょにすくいあげる
丸々と太ったドジョウは食卓にあがる

沼地の上を往ったり来たりせわしく飛び交うシオカラトンボとオニヤンマ
少年の網が待っているにもかまわずいつもと同じコースを悠々《ゆうゆう》と低空飛行
俊敏《しゅんびん》に網をかわしなかなか捕《つか》まらない

沼地の傍《かたわ》らのすきとおった小川の砂の中に潜《ひそ》むタニシ（カワニナ）
夏になれば小川近くの田んぼの上に何十匹もの蛍《ほたる》が飛び交う
尻にやわらかな灯りをつけた美しい妖精《ようせい》を目で追う

馬屋《まや》にツバメが巣をつくりせわしく行き交う春
アオダイショウが侵入し巣の中の卵をねらう
ばあちゃんは長い竹竿《たけざお》を持ってアオダイショウを追い出す

野山の至る所でニイニイゼミ　アブラゼミ　ツクツクボウシ　ヒグラシが鳴き出す
捕まえた蝉《せみ》に糸をくくりつけて飛ばすわんぱく少年

炎天下《えんてんか》の夏の野山はセミ色に一変

コオロギが縁《えん》の下《した》から抜け出し鳴き続ける秋の夜長
「セッキリカチャモチツイテトウクッタ」と鳴いているんだよと孫に教えるばあちゃん
ばあちゃんが言った通りに真似してコオロギといっしょに二部合唱
「セッキリカチャモチツイテトウクッタ」
「セッキリカチャモチツイテトウクッタ」
秋の夜長を鳴き通すコオロギたちといっしょに過ごす

田の神

田植え前には「さびらき」
田植え後には「しまいだ」
「さびらき」は簡単にすませ「しまいだ」は大切にする

「しまいだ」のときは家族や手伝ってくれた人にご馳走《ちそう》をふるまう
供《そな》え物はみんな御膳《おぜん》にのせて丁重《ていちょう》に供える
苗三束《なえさんぞく》と一升枡《いちしょうます》に入れた御神酒《おみき》と魚と菜《な》
供える御飯は赤飯
大豆飯や五目飯のときもある

農繁期になるとどこの家でも田んぼの畔《あぜ》に小さな祠《ほこら》を作る
祠に使う柱は三叉《みつまた》の朴《ほお》の木　柳の木　桑の木
屋根の庇《ひさし》にはショウブやヨモギをのせる
祠の周りには朴の木をさす
祠は全国を行脚《あんぎゃ》する弘法大師《こうぼうだいし》の宿
少年はこの話を信じ朝夕行ってはのぞきこむ
瑞穂《みずほ》の国日本

山の神

女性だという山の神
山の神の祠《ほこら》の周りにある木を伐《き》ると祟《たた》りがある
「山の講《やまのこう》」の日に木を伐《き》ると赤い血が出る
自然を守る人間の知恵が生きている
春と秋自分の持ち山に祀《まつ》ったり五・六軒がまとまって祀る
二回祀る地区もあるがだいたいは一回ですます
男が朝早く山の神の祠に行き砂や塩を撒《ま》いて地を清め鎮《しず》める
赤飯や御神酒や肴《さかな》（やまのこいわし）や
おはたき（白米を一晩水でふやかし臼《うす》で搗《ひ》いて粉にし固めたもの）を供える
おはたきはサワラやスギの木を薄く割った二寸四角の板に乗せて供える
祠の側で火をたいて共同で祀る地区は餅投げをする
昔は禰宜様《ねぎさま》を招いて湯立《ゆだ》てをする

このときに使った笹の葉を食べると病気にならない
山の国日本は安泰《あんたい》

蚕《かいこ》の神

お蚕様を飼う蚕室《さんしつ》に祀《まつ》る
子蚕《こがいこ》の神とか蚕様《かいこさま》と呼ばれている
二月の初午《はつうま》の日に餅《もち》をついて祀る
病気にかからないように飼育できることと増産を願う
恵那日吉村の南宮《なんぐう》神社や付知《つけち》の子蚕《こがいこ》神社に行って祈る
岩倉の伊奈山宅から谷口宅へ行く途中に養蚕の神高峰様《たかみねさま》が祀られる

十五日小正月
ビンカの木に米の粉で作った繭玉《まゆだま》や繭を模したねじり餅を刺す

黄色いキンコを表す蜜柑《みかん》や金柑《きんかん》も刺して大黒柱にしばり仏様やオベス様に供え祀る
おやつが増えた少年たちは大喜び
繭玉は囲炉裏火《いろりび》でじいちゃんがあぶってくれる
どんど焼きにも持って行き棒にさしてあぶって食べる
少年の腹の中もお祭り騒ぎ

居ながらにして

十五回の引越を経て四十数年ぶりに南木曽に帰郷
浦島太郎
何でもできた器用な父母
何もできない手足のない達磨《だるま》のような私
教師はつぶしがきかないという声がどこからか聞こえてくる
不器用な私を見ていた隣近所の人が何かと気遣《きづか》ってくれる

草刈り機のエンジンが止まればチョークを持って駆《か》けつけてくれる
耕運機が止まればドライバーを持って駆けつけてくれる
池の水が止まれば取水口まで見に行ってくれる

一輪車にいっぱいの野菜が届く
たまたま来ていた孫の姿を見ればアケビや山ブドウまで届く
この潤いはみんな父母のおかげ
長年にわたる父母の貢献《こうけん》があったからこその恩恵
たよりない浦島太郎を救ってくれる
感謝以外の言葉は見つからない

天地に祈りながら

木曽川にこぼれ落ちそうな畑の草をむしり石を拾う

棒を立てて等間隔《とうかんかく》に線を引き種を蒔《ま》く
早く蒔《ま》かないと日が暮れてしまう半日村
跪《ひざまず》き合掌《がつしよう》して天地に豊饒《ほうじよう》な実りを願う
豆一粒まいて三粒ほどしか穫れない痩《や》せ地
熱帯雨林気候にも負けない多雨な木曽
知恵と工夫なくして農業は成立しない
山奥の畑には桑を植え蚕を飼い生糸《きいと》を紡《つむ》ぐ
桑の木の間に植えられたこんにゃく芋や八《やつ》がしら芋
長い冬のいのちをつなぐ食料
田んぼの畔《あぜ》に植えられた大豆や小豆は味噌やあんこの材料
味噌は味噌むすびに
あんこはおはぎやぼた餅に
腹をすかした育ちざかりの少年の腹を満たす
日当たりのいい田んぼの土手には茶が植えられ一年分のお茶っ葉を賄《まかな》う
畑の傍らに植えられた茗荷《みようが》や蕗《ふき》やらっきょは食卓を豊かに

タラノメやコシアブラは里近くに移植して賞味
家の裏の竹藪《たけやぶ》で竹の子を掘り瓶《びん》詰め貯蔵
池《どぶ》の脇に植えられたユキノシタやチドメグサやゲンノウショウコは薬代わり
柿の木は田を照らす太陽の光を遮《さえぎ》らないように田から少し離れた土手に植樹
父が挿《さ》し木にして残した柿の木はまだまだ健在
藁《わら》で包んだ富士山柿《ふじさんがき》はずくしにして正月に食べる
軒下《のきした》につるされた干し柿は子どものおやつ
昨今は猿の集団に襲われて全滅
動物愛護の気持ちは一度に吹っ飛ぶ
猿の分ぐらい確保してやれという声も聞こえてくる

縄文時代以来自給自足《じきゅうじそく》の生活を続けてきた日本人
一里四方の土地の中で暮らし一生を終えた日本人

平成味噌工場

まもなく創業三十年
なけなしのお金を出し合い雪深い柿其《かきぞれ》の里に建てた味噌工場
昔ながらの家庭の味を活《い》かした「かきぞれ味噌」
添加物《てんかぶつ》はゼロ
麹《こうじ》の出来が勝負
雪解けの岩倉川《いわくらがわ》の清き水と地元産の米
上田塩田平《しおだだいら》産の良質な大豆
木曽産の大豆が主流だったのは一昔
今は木曽の大豆は皆猿の好物

平均年齢七十余歳
口も達者《たつしゃ》だが体も達者

性能のいい小型エンジンがついた口と手
齢《よわい》八十歳を越えた女衆《おんなしゅう》が米袋や大豆袋を背負う
そこらの若い衆より強靭《きょうじん》な体

味噌造りのプロ
うまい味噌を作るために肝腎《かんじん》なところは誰にも譲らない
問題点はとことん言い合う
品質向上のための研究は惜《お》しまない
頭の中のやかんはしばし沸騰《ふっとう》
論争が終われば大笑い
これが長生きの秘訣《ひけつ》

雪降る寒い深夜の雪道
懐中電灯《かいちゅうでんとう》をともして工場訪問
火や水の調整をした後は雪かき

美味しい味噌造りのためには労を惜しまず
炬燵《こたつ》に入り家から持って来た自慢の漬物を食べながら情報交換
ここへ来ればおおよそわかる南木曽町の情報
子や孫の話から始まり最後は町政《ちようせい》の話
時間があれば県政・国政の話
いい加減な為政者《いせいしや》は攻撃の的《まと》
最近はトランプ大統領やＥＵの話で花が咲く
昨日はエルサレム問題と大相撲が話題
芸術や科学の話も得意

いよいよ明日から味噌の仕込《しこ》み
今年も日本一の美味しい味噌をめざす

木曽

古来から多くの文人墨客《ぶんじんぼっかく》が行き交う木曽
帯状の狭い谷を木曽川と中山道と中央西線が並走
時代の流れに順応できず過疎《かそ》化の波の洗礼
明治時代以来合併《がっぺい》が繰り返され今は六町村
学校の統廃合《とうはいごう》も続き子どもの声が遠のく
人口減少は罪なのか

今は右往左往《うおうさおう》しながら歩いている木曽
木曽の歴史は新たな時代に入り動き始める
やがて必ず正しい軌道《きどう》をつくり走り始める
文化・文明の本来の意味を考えながら木曽らしいサイクルを見出す
臥薪嘗胆《がしんしょうたん》

急ぐことはない

せいせいするなあ

日輪《にちりん》はギラギラ
農具はピッカピッカ
和風《わふう》は頬《ほお》をやさしくなでる
額《ひたい》をつたう汗はアイボリー色
腰を伸ばして一休み
田に映える四方の風景は名画ばかり
田植えも半《なか》ば終わり一段落
野良《のら》をあわただしく往き交う萌葱色《もえぎいろ》の風
水を切って巣に急ぐ親ツバメ
風をパートナーにして踊る早苗

手足の指の最先端《さきっぽ》まで伸ばして光をいっぱい吸い込む
ああせいせいするなあ

陽《ひ》が落ちた頃

味噌の「天地替《てんちが》え」も無事終わり早風呂《はやぶろ》に入る
薄暮《はくぼ》
夕焼けを視野に入れながら「雲見《くもみ》」と洒落《しゃれ》る
三匹のカエルが並んで「雲見」をしている賢治作品『蛙《かえる》のゴム靴』を思い出す
今　あのカエルたちと同じ境地

空高く二機の飛行機が赤色灯《せきしょくとう》を点滅《てんめつ》させて通過
逆方向に「時」を盗むように人工衛星が素早く通過
そろそろ雲間から早起きの星が顔を出しまたたき始める

今日は双子座《ふたござ》流星群《りゅうせいぐん》が飛ぶという
地球号の最先端《さいせんたん》に立って操縦中
ビールを飲みながらの操縦は快適
飲酒運転？
今日のビールは格別美味しい

茶の間のテレビからニュースが耳に入る
中国・四国地方では大雨によって洪水多発
犠牲者多数という報道
杉の木立《こだち》から黒雲がわき出てくる
世界の安寧を祈る日々

ここは俺の陣地《じんち》

草刈りは重労働
足をすべらせて草刈り機と一緒に田んぼに落ちる
刃《は》に絡んだゴドバの蔓《つる》は強情でなかなか離してくれない
容赦《ようしゃ》なく目にしみいる汗を拭うのはやっかい
疲れ果て大の字になって草むらに崩れ落ちる
めったに味わえない開放感と爽快感《そうかいかん》
祖先が縄文・弥生時代から開墾し守り続けてきた石だらけの土地
鹿も通らぬ急傾斜のやせ地も祖先が遺《のこ》してきた大切な土地
固定資産税《こていしさんぜい》を払うだけで一銭にもならない土地
こんな二束三文《にそくさんもん》の土地も青い地球のかけがえのない一部
宇宙空間の中の唯一無二《ゆいいつむに》の場所
楽園の地主は俺

ここは間違いなく俺の陣地

この頃思うこと

慰霊《いれい》の旅に中国を二度訪問
哈爾浜《はるびん》経由で「方正《ほうまさ》」を訪ね満蒙開拓《まんもうかいたく》で亡くなった方々の墓参
隣のM家は一家挙げて満州に渡ったが戦後たった一人だけ帰国
今もあずかっているM家の墓

四度のヨーロッパ旅行はいずれも感動
石とワインとキリスト教の文化
市民革命と産業革命を起こし歴史を動かした国イギリス
エミリー・ブロンテが著した『嵐が丘《あらしおか》』の舞台となったスコットランド
ラクビーとクリケットの発祥《はっしょう》の国イングランド

足腰を鍛えてもう一度実現したいイギリス旅行

アメリカは一度訪問したがもう敬遠したい
いまだにバギューンバギューンやっている西部劇の世界は苦手
もうインディアンもビリーザキッドもいないはず
流れ弾にでもあたったら一大事
世界一の経済力と軍事力を誇るアメリカ
そんなものは瑣末《さまつ》のこと

旅行の思い出は手からあふれこぼれんばかり
海外旅行はもうそろそろ終止符
体力も時間も予算も上限あり
これからは故郷の姿をしっかり観察
清澄《せいちょう》な水を味わい　透明な風と会話し　生きることの喜びを謳歌《おうか》

夕暮地べたに寝転び月を観る
よくもあきずに天空を上ってくるものだ
こんなに愛らしい月を山際《やまぎわ》に隠れるまで観ているのもいい
月明かりに映える眼前の山々はまだ未登頂
故郷の山々を網膜《もうまく》に焼き付けたい
いのちのカウントダウンはいよいよ加速

この半世紀

イボコグリ（シメジの種類）がいっぱいあった山
鳥もちをしかけた山の澄みきった泉
チャンバラ用の刀となったコシアブラの木
風車《かざぐるま》になった朴《ほお》の葉
ターザンごっこには欠かせない太い蔓《つる》の木

いつのまにか行方不明

東京オリンピック
大阪の万国博覧会
高度経済成長時代
日本列島改造
二度のオイルショック
バブルの崩壊《ほうかい》
不可解な凶暴な事件
様々な天変地異《てんぺんちい》
自然も歴史もそろって病み始める
新冷戦が始まった世界
東京での二度目のオリンピック
目に見えないマイクロプラスチックが舞い交い温室効果ガスで覆われる地球
新型コロナウイルスが襲来した地球

人類は真《まこと》の道を歩まねばならぬ

教育の章

教育の章

花束を抱いて交差点を渡って行った子ども

「花のきらいな人なんかいないよ」と言った詩人がいる
雪解けを待てずに咲いたミツバツツジの花
春先一番に咲く場所を知っていた少年
まだ雪深い土手を走って急ぐ少年
淡い初春の陽を浴びほのかに赤紫色に色づいたつぼみ
三枝《みえだ》ほど折って学校に持って行く
得意気に教室の大きな花瓶に入れる少年

「男のくせに！」と言われそうだが
そんなことはどうでもよい
春の陽を満面に浴びた少年の心は晴れやか

諏訪地方の小学校への学校訪問
訪問小学校近くの信号機のない交差点で車を停止
新聞紙でくるんだ色とりどりの野の花をいっぱい抱えた男子児童
ぺこりと頭を下げて笑顔で渡って行く
初夏の朝の美しい風景
詩人坂村真民の作った詩をふと思い出す

　バスのなかで
この地球は一万年後
どうなるかわからない
いや明日

どうなるかわからない
そのような思いで
こみあうバスに乗っていると
一人の少女が
きれいな花を
自分よりも大事そうに
高々とさしあげて
乗り込んできた

その時
わたしは思った
ああ
これでよいのだ
たとい明日
この地球がどうなろうと

このような愛こそ
人の世の美しさなのだ
たとい核戦争で
この地球が破壊されようと
このぎりぎりの時まで
こうした愛を
失わずに行こうと
涙ぐましいまで
清められるものを感じた
いい匂いを放つ
まっ白い花であった

野に咲く花のように美しい子どもたち

背中の教育

手洗いをした後手についた水を平気ではらう大人
スリッパを脱ぎっぱなしにする大人
電車の中で足を開き荷物を座席に置く大人
バスの中で音を立ててメールを打つ大人
車から平気でゴミを投げ捨てる大人
参観日　授業中ガムを噛みながらひそひそ話をする大人

「背中の教育」という言葉をよく耳にする
大人にこそ必要な「道徳教育」
大人のための人生の学習指導要領も必要
倫理観のない世界のリーダーの堕落《だらく》ぶりにも目を覆《おお》いたい
子どもの振り見て我が振り直せ！

文化の発信地神田神保町《じんぼうちょう》

東京神田神保町は日本一の古本屋街
軒を連ねる数百店の古本屋
本などろくに読んだことがなかった少年
上京してからは毎日のようにこの町に通う
未熟な少年にたくさんの知識と知恵を与えてくれた町
学ぶことの喜びを教えてくれた町
少年の劣等感を払拭《ふっしょく》してくれた町
青春を謳歌《おうか》させてくれた町

本購入のためバス代を節約して神保町まで歩く
食事を一食削って本代にあてる

どんな本を読んでも心躍る
一日一冊読破を目標に朝方まで読書
アルバイト代はほとんど生活費
わずかな残金は本代に
毎月一冊ずつ全集本を購入

大学時代
古本屋のレジに座っていたいかめしい顔をした店主に抱かれていた幼子
今は自分の子どもを抱いてレジに坐るりっぱな二代目店主

背表紙を見ただけでわかる良書
本の中から発散するオーラ

卒業して四十年過ぎた今
宮澤賢治《みやざわけんじ》の本の書棚の位置を変えなかった頑固な店主

同じ書棚に同じ作家の本
島崎藤村《しまざきとうそん》の本も太宰治《だざいおさむ》の本もしかり

日本の高度経済成長時代
都心に近い神保町
都市整備構想案のもと高層ビル建設の計画浮上
町を挙げて大反対
地上げ屋による脅迫
ブルドーザーを乗り入れて威嚇《いかく》
団結して抵抗する神保町の人々
この信念は日本の学問と文化を固守
神保町の人々の頑固さと信念に拍手！
日本の学問と文化を守り続けてきた人々の息吹《いぶき》が残る町
志ある若者をいつも待っている町

読書

インターネットを駆使して卒業論文を書く学生
孫引きで知り得た語彙《ごい》
いくら工夫しても文章は無味乾燥
一冊一冊の本の中に内蔵された無尽蔵の知識や知恵
読書によって一粒一粒の脳細胞に確実に溶けこむ精粋《せいすい》
化学反応を起こし未知なるものを創出してくれる本
本は神の絵姿なり
本は仏の慈愛なり
本は主の聖書なり
本は心の両親なり
本は家の宗教なり
本は私の師匠なり

本は私の親友なり
本は人生の伴侶なり
本は未来への羅針盤《らしんばん》なり
本は無尽蔵の宝庫なり
本は無限の宇宙なり

東日本大震災の日

平成十一年三月十一日十四時四十六分
東日本大震災が発生
体育館で三学期の生徒総会中
大震災が起こる直前
挨拶中の生徒会長が急に倒れる
目を閉じ意識がない

息もほとんどしていない
養護教諭が緊急対応
回復しない
救急車を呼ぶ
この直後体育館が突然揺れる
相当揺れたが即対応ができない
目の前にいる一人の生徒の安否《あんぴ》が気になる
救急車がまもなく到着
一時間以上体育館で緊急処置
幸い病院への搬送中に意識がもどる
この時の安堵感《あんどかん》は忘れられない
生徒会長は送辞文や諸々の挨拶文の準備で寝ていない

この大惨事の日
一人の生徒の対応で心奪われ視野も狭《せば》まり全体の対応をおろそかになる

体育館にいた多くの生徒への安全対応は不十分
生徒をあずかる最高責任者として不適格
危機管理意識《ききかんりいしき》が希薄《きはく》で不十分
まして被災《ひさい》した東日本の人々のことまで思いがいかない
二万余の人命が奪われた天変地異《てんぺんちい》
ふだん人類愛や万人の幸福を生徒の前で唱《とな》えてきた自分
冷静さを失った自分の言動に対して後悔《こうかい》
かけがえのない命をもった生徒をあずかる学校
客観的・総合的にみて冷静に判断し行動できる教師
学校や教育委員会に対して裁判を起こした保護者
教師は子どもの命に対して全責任を負う崇高《すうこう》な職業
学校は安心・安全で信頼のおける場所

生きがい

生きる目標もなく無気力な生活をしていた青年
農業技術指導の資格をもっていた青年
父母のすすめで青年海外協力隊に応募
幸い採用されてアフリカに派遣
気が進まなかったが周りの人々に励まされて出発
現地に行って事態は一変
農業技術を習得したいという多くの人々が青年をもとめてひっきりなしに来訪
今までこんなに頼られたことはない
仕事に誇りを持ち生きがいのある生活
時間を越えて四六時中熱血指導
いつの間にか二年間の派遣任期が終了
青年は帰国拒否

働いて得た給料を資金にして再び指導開始
アフリカに滞在し続ける

頼られたり任されたりすることが少ない日本の若者
生きる喜びを知らずに目的のないまま過ごす日本の若者
大切なものを落としてきた日本
多くの優秀な若者が出番を待っている日本

ぱんぱん（めんこ）

戸場《どば》分校時代　ぱんぱん（めんこ）がはやる
休日は朝早くから晩遅くまでぱんぱん大会
勉強も仕事もそっちのけ
大会までの段取りが大切

夜なべをしてぱんぱんに油や蝋《ろう》を塗り込む
少しでも重くして簡単にひっくりかえされないようにする
案外そんなぱんぱんほど苦労も報われずいっぺんにひっくりかえされる
持ち主の顔はショックでひきつる
技《わざ》や決まり手も多用
差し込み　ひっくり返し　けり上げ　等々
ただ力任せにやってもうまくいかない
気合いとタイミングが必要
「嘘《うそ》ぱんぱん」は勝っても負けてももとの持ち主に帰る
「本《ほん》ぱんぱん」は負ければ全部仲間たちに取られてしまう
全滅時のショックは大きい
いつまでも尾を引いていられない
次の大会をめざして攻略方法を考える
「本ぱんぱん」は大流行し学校教育にも少なからず影響

冬休み明け担任のS先生が「どんなぱんぱんがあるか見てみたい」と笑顔で言う
素直で純朴な少年たちは各々自慢のぱんぱんを学校に持って行き先生に渡す
先生はぱんぱんの絵柄も見ることをしない
躊躇《ちゅうちょ》することなく石炭ストーブの中にいっぺんに入れて焼いてしまう
月光仮面《げっこうかめん》も赤胴鈴之助《あかどうすずのすけ》も幻探偵《まぼろしたんてい》もみるみる燃えていく
般若《はんにゃ》に見えた担任の顔
この時の悔しさを味わったのは私だけではなかっただろう

ごんぎつね

新美南吉《にいみなんきち》作の童話『ごんぎつね』
兵十《へいじゅう》にいたずらをして責任を感じたごんぎつねは毎日栗《くり》や松茸《まつたけ》を運ぶ

家族で開田高原の学校に赴任《ふにん》した時
朝早く玄関にキュウリやナスやトウモロコシが置いてある
いくらさがしても書き置きはない
しばらく気になってしかたがない
開田ではこんなことはよくあるという
どうもこのごんぎつねは教育長さんだということがわかってくる

当時辺地《へんち》であった開田で生活するには覚悟がいる
家族全員で開田に入った教員は大歓迎
開田では教師のことを「先生様」と呼ぶ
教員が転出する時は家族総出《かぞくそうで》で見送る
子どもや親だけでなくじいさんやばあさんもひいじいちゃんやひいばあちゃんも見送る
教育は子どものためのものだけでなく家族や村のためのものの

姉ちゃんこっちにおいで

七回忌法要の日
しめやかな法要の席
かかとの高いハイヒールとミニスカートをはいた茶髪の少女がやって来る
イヤリングはずいぶん大きくゆらゆらと揺れる
首にぶら下がるネックレスからは妖《あや》しい光が放たれる
真っ赤な唇
手の指はサイケデリックなマニキュア
出席者は口には出さないが「あれは、どこの娘だ？」と目と目で語っている
少女もこの雰囲気を感じ始めそわそわし始める
そんな時遠くの方で天ぷらをあげていた近所のおばさん
「そこの姉ちゃん　こっちに来て　そこのさつまいも切ってくれや」
「そこの割烹《かっぽう》着《ぎ》を着てあそこのてぬぐいかぶってそれから手もしっかり洗ってね」

開けっぴろげな声で続けざまに言う
はじめはちょっと戸惑い顔の少女
まもなくおばさん連の輪に入って仕事にかかる
おばさん連からは「あんたはどこの娘だ　器量がいいなあ！」
「今　いくつだ」
「なかなか手つきもいいぞ！」
次々に声がかけられる
少女の目もとはしだいにほころびいつのまにか満面の笑顔

いつの世でも　家庭が　職場が　地域が子どもたちを包み込む
生きる糧《かて》と知恵を配給
いつでもどこでも居場所を与えてくれたやさしい日本

尊敬するY先生

早朝
Y先生はいくつものバッグを持って職員室にドタバタと入って来る
持ってきた手作りのむすびと漬物を大テーブルに広げる
そのときひょっこり職員室に顔を出す生徒が二人・三人
Y先生はすかさず声をかける
「腹がすいては戦《いくさ》はできんぞ！」
「朝ごはん　ちゃんと食べていないだろ　ちょっとここに座って食べて行けや！」
初めはちょっと遠慮する生徒
やがてテーブル前に座ってむすびと漬物を食べ始める
寝坊をしてご飯を食べずに来た生徒はまだいい
子どもの朝ごはんも作らずに働きに行く親もいる
離婚して母親のいない父子家庭もある

「腹を空《す》かした子どもはろくなことをしない！」
口癖《くちぐせ》のようにぶつぶつ言いながら学級一番の暴れん坊を教室に行って連れて来る
強引に椅子に座らせてむすびと漬物を食べさせる
生徒は少々不機嫌《ふきげん》だがだんだん笑顔が出てくる
むしゃむしゃうれしそうに食べる

卒業式を間近にひかえた某日
職員室にマフラーを持ってY先生に会い来た生徒
「これ　むすびと漬物のお礼だ！　俺の小遣いで買ったマフラーだ　使ってくれ！　あの漬物はうまかった！　母ちゃんが店で買って来る漬物はうまくない！」
早口で立て続けに言って出て行く

いつも荒れた学校に赴任し暴れん坊のいる学級を担任したY先生
体を張った指導には天国もあったが地獄もある
生徒指導担当の私は毎日ひやひやの生活

当時NHKで放送されていたテレビ番組「中学生日記」よりも劇的
川中島中学校の卒業式
毎年全校で「大地讃頌《だいちさんしょう》」を合唱して卒業生を送る
音楽教師のY先生は九百人を越える生徒の心をしっかりつかみ四部合唱を指揮
全校生徒と全教職員が一体となった最高の感動場面
ここに「心地良い学校全体の高揚感《こうようかん》・統一感《とういつかん》」が完成
学校力はここにあり
教育力は人にあり

個性ある恩師たち

読書《よみかき》小学校の五年生のときの理科の時間
白砂糖がないからと言って黒砂糖を使ってラムネを作ってくれたA先生

六十年前のあの味が忘れられない
色はブラウン色だったが実にうまい
キノコの観察ということで学校の裏山に登る
みんな家から持って来た竹籠《たけかご》にいっぱい採る
喜び勇んで学校へ帰る
採ったキノコは全部回収
「もし、みんなが中毒になったら大変だ!」と深刻な顔で話す先生
あの大量のキノコはいったいどこにいったのか?

高校に入学し音楽科のB先生が担任
高校三年間ホームルーム教室は音楽室
ある日担任がレコード鑑賞をするから家からレコードを持って来るようにいう
その年大流行した奥村チヨの「終着駅」を持って来た生徒がいる
聴き終わった後に担任のすごい雷が落ちる
「そんな音楽は家のベッドに入って聴け!」と力一杯どなる

そのときどうしてそんなに怒られるのかわからない
いまでもどうしてそんなに怒られたのかわからない
東京交響楽団を退団して教師になった先生
ちなみに私が持って行ったレコードにはお咎《とが》めがない
ザ・フォーク・クルセダーズの歌った「帰って来たヨッパライ」

小学校五年生のとき
担任の先生が木曽川を描いた水彩画をほめてくれる
教室の黒板の上の学級目標の横にはってくれる
中学校二年生のとき
同級生のHくんと図書館に行きゴッホやピカソの画集を互いに批評しながら鑑賞
高校一年生のとき
美術科のC先生が描いた絵が気になる
夏休みに京都で描いたという仏像
神戸の港で描いたという船の絵

休み時間のたびに美術室に行って絵を鑑賞
自分もいつかこんな絵を描きたいと思う
五十年後
このときC先生から習った同じ学級の三人
「刻《とき》」というテーマで「さんにん展」を隔年で開催し今回で四回目

自称詩人という国語科のD先生の授業はいつも眠気を誘う
「中原中也」の詩が好きだった先生
中也は「ちゅうや」ではなく「なかや」と呼ぶのがふさわしいと言う
ある日仲間と一緒にD先生の住む教員住宅訪問
玄関から四方八方本ばかり
天井まで届く本棚にはぎっしり本が詰まっている
こんな館《やかた》は見たことがない
その頃から少し本に興味をもつ
D先生はたまたま学校に来た文学部の教育実習生と結婚したと聞くが…

まだ「中原中也」の詩を語っているのだろうか

社会科のE先生は調査・発表を大切にする問題解決学習を重視
「トーマス・ホッブズ」を選び調査し発表
この先生は今でいう少し過激な思想の持ち主
教え子の中には東京の大学に行って過激派の政治活動に加わった者もいる
この仲間の一人が私の大学に来てマイクを持ってアジテーション
大学の構内で何度も口論
時には胸ぐらをつかみ合って討論
後にこの仲間は逮捕《たいほ》されたという新聞記事が目に入る
その後の消息《しょうそく》はわからない
熱き青春時代
「ベトナム戦争反対！」や「成田空港建設反対！」をスローガンにして起こった学生運動
この時代の学生運動の是非について結論を出すのはまだ早い
祖先代々守ってきた故郷の山

毎朝手を合わせて拝んできた山から出るお天道様
一晩で崩し農民を追い出してつくった成田の空港
成田空港は必要なくなったという話も聞く昨今
農民や学生が命をかけて反対したのに…
まだE先生のつばが飛んでくる

数学科のF先生
あごに無精《ぶしょう》ひげをはやしたまったく飾り気のない新任の先生
高校三年生時理科系の大学に進学希望ということで「数三《すうさん》」の履修《りしゅう》を希望
「微分・積分」はチンプンカンプン
高校時代最後のテストは赤点覚悟
そんな劣等生の私たちの気持ちを察して
「三年生の三学期　みんな受験勉強を家でやっているとき
君たちはわたしのつまらない授業をよく受けに来てくれた
ありがとう　お礼に一つテスト問題を教えてやろう

せっかくだから答えも教えてやろう！」と言う
おかげで赤点を免れて無事卒業
感謝の一言

一番の楽しみは体育の授業
小・中・高と案外成績もよかった
しかし「水泳」の時間だけは億劫《おっくう》
いくら練習しても「平泳ぎ」がうまくできない
まだプールがなかった小学校時代こっそり人のいない岩倉川《いわくらがわ》に行って岩陰で練習
高校に入ってからも水泳は上達しない
手と足がバラバラで前に進まない
長野県で初めて母校に五十メートルプールが完成
大変迷惑
ある日の授業
G先生は二十往復するまでは次の授業に行ってはいけないと言う

必死で泳ぐがあせればあせるほどぎこちない泳ぎになり上手く泳げない
そんな時私のそばに来てデッキブラシで頭を押さえて「こんな泳ぎじゃだめだ！」
一言言っただけで指導もしないで研究室に入ってしまう
何度も水を飲んで溺れる寸前でやっと泳ぎ切る
この時の苦しさは生涯忘れられない
まさに生き地獄
オリンピックに出られる人間もいる一方
不器用な人間がいることを忘れて欲しくない

小学校のときの音楽の授業
H先生から「お前は音痴《おんち》だ！」と言われる
それからずっと音痴だと思い込んでくる
今も思い込んでいる
カラオケ喫茶に行ってもいつも億劫《おっくう》
こんな子どもは私だけではないだろう

たった一言がその後の人生に大きな影響を与える
安易に使った一言はやがて大きなトゲになる

愛すべき懐かしい先生たち

登下校

一日の中で一番解放される帰り道
某日
駅前の松美屋《まつみや》で牛乳パンを買って汽車の中で食べる
某日
駅前の貸本屋で漫画を借りて駅のベンチで読む
某日
雑貨店萬寿屋《まんじゆうや》の縁側《えんがわ》に座って一本五円のアイスキャンディーをなめる

大鹿村の中学校勤務時代
ヒマラヤ産の青いケシの栽培で知られる鹿塩《かしお》地区の山奥に住む生徒たち
坂道をすごいスピードでころがるようにして谷底の学校に来る
通学路はあるようでないようで最短距離を下る
畑の中でも人の家の庭でも容赦《ようしゃ》なく駆け下りる
某日の朝
登校時刻を過ぎても生徒が来ない
探しに行こうか迷う担任と副担任
まもなくハアハア息をして汗びっしょりで教室に駆け込んで来る
畑の中を突き抜けようとしたらスイカを踏んで数個割ってしまったという
黙って学校に行くのも心が諫《いさ》める
全員で畑の持ち主の家に行き謝る
いままでの心配もよそに思わず「えらい！」と言ってしまう

卒業式

保育園の卒園式
子どもたちが別れの歌を歌う
つぶらな眼《まなこ》からは絶え間なく涙がこぼれる
誕生して此岸《しがん》で過ごした歴史もわずかな幼児の眼から涙があふれ出る
手で拭《ぬぐ》っても拭っても零《こぼ》れ落ちる
瞼《まぶた》をぱちぱちさせて眼を大きく見開く
顔が赤らみほっぺが光る
涙は容赦《ようしゃ》なく湧《わ》き続ける

小学校の卒業式
別れの歌を歌う坊主頭の少年の目から涙がほとばしり出る
飛び散った涙は床にポトポト落ちる

下を向くことなく手で涙を拭うことなく全力で歌い上げる
この堂々たる姿を見て感動また感動

中学校の卒業式
別れの歌の合唱中
どこからか女子生徒のすすり泣く声が聞こえる
女子生徒の澄み切った声が体育館の緊張をほぐす
やがて声は咳《せ》き込み始めやがてかすれる
ここで男子生徒のバスの声が一段と太くなり女子生徒をたくましく支える
男女生徒の最後の支え合い

高校の卒業式
見事な四部合唱は会場の空気を震わす
受験や卒業をひかえ練習する時間もなかったはず
どこまでも気高く毅然《きぜん》として歌い上げる卒業生

いよいよ十八歳選挙
輝かしい未来が待っている

涙ぐむ

詩人千家元麿《せんげもとまろ》は赤ん坊が乳を飲むとき涙ぐむと詩に書く
良い絵画を観たとき涙ぐむ
良い音楽を聴いたとき涙ぐむ

音楽会の終了後某講師がしみじみ語る
この頃子どもたちの音楽を聴くといつのまにか涙ぐみ楽譜が見えない
「来年からは他の講師を探して欲しい」

働いている人を見ると涙ぐむ

歩いている人を見ると涙ぐむ
じっとしている人を見ると涙ぐむ
生きていることはこんなにも悲しく苦しくそして嬉しいことか

映画から人生を学ぶ

少年時代
お蚕様《かいこさま》の卵を孵化《ふか》させる飼育所《しいくしょ》で放映された巡回映画《じゅんかいえいが》
持参《じさん》した座布団を板の間に敷き身を乗り出して鑑賞
時代劇が主だったが少年も十分に満足
近衛十四郎《このえじゅうしろう》や市川右太衛門《いちかわうたえもん》から大川橋蔵《おおかわはしぞう》や中村錦之助《なかむらきんのすけ》
さらに山城新伍《やましろしんご》や里見浩太朗《さとみこうたろう》へとヒーローが次々と登場
学校にも巡回映画がやってくる

今度はどんな映画がくるかと思うと朝から落ち着かない
映写機から発した光の中で舞うほこりをみると喜びと期待で心騒ぐ
感動すると目頭が熱くなる
出演者や演出者の字幕が消えるまで見入る

南木曽町の二つの映画館
小・中学生は入場禁止
ある日の夜
何の拍子か規則を破って父ちゃんと一緒に映画館に観に行くことになる
禁止の映画館に入ったということで落ち着かない
まったく内容は覚えていない
次の日の朝
朝の会でいきなり担任の先生から名前が呼ばれる
前へ出て行ったらいきなり担任の先生に頰をきつくつねられ身が浮く
だれかにちくられる

あのときの痛みは今でも忘れられない
それ以後高校を卒業するまで一切映画館は拒否
今でもなぜ映画館に入ったらいけないのかわからない

上京してから反動はいっぺんに出る
新宿の歌舞伎町の映画館で大画面の70ミリ映画を観る
『サウンド・オブ・ミュージック』に『トラトラトラ』
そして『ウエスト・サイド物語』に『小さな巨人』…
世の中にこんなに興奮させる映画があるかと思う
三本立てや五本立ての映画館にも足繁く通う
入場料は安く苦学生にとっては大助かり
深夜の映画館は椅子も堅く小便臭かったが飽きずに通う
映画館で食べるパンもジュースも無性に美味しい

にわか農夫

退職してから片手間に野良仕事を始める
隣近所の畑を垣間見て見よう見まねで挑戦する
十八歳で故郷を離れてから土になじんだことはない
杜撰《ずさん》な農夫姿を披露《ひろう》する
店頭で苗の特色・性質も栽培方法の表示もろくに見ることなく苗を買う
土壌の特徴や性質も考えずに肥料を買う
アルカリ性土壌か酸性土壌かまったくわからない
肥料の成分について考えるのは中学校の技術科の授業以来
チッソ　リン酸　カリの肥料の三要素くらいしかわからない
ナス　キュウリ　ピーマン　カボチャ　ジャガイモ　サツマイモ
野菜の種類に関係なくやたらに肥料を使う
まして蒔《ま》く時期や蒔く量まで考えは及ばず

夏に入った頃から混乱
元気だった苗がしなび始める
葉っぱが黄色くなって枯れていく
アブラムシやテントウムシが総攻撃
次から次にやって来てまとわりつく

教師は教材研究なんていう言葉をすぐに使う
農民の地道で緻密《ちみつ》な研究にはとてもかなわない
農業はなんて難しい
この頃無性に教育のことが気になる
いつのまにか四十年教壇に立つ
子どもを前にして「育てる」ことに対してこんなに神経をつかってきたことがあるのか
教科指導でも　生徒指導でも　一人の教師として精一杯やってきたつもり
教育のプロを豪語《ごうご》してきた
農業を始めてから今まで本当に子どもたちの力になったのか不安に思うようになる

研究も実践も相当甘かったのではないのか
子どもたちの個性を大切にし行く末を見通した教育であったのか
今のわたくしの粗雑《そざつ》な農業をみれば一目瞭然《いちもくりょうぜん》

信州教育のゆくえ

人事異動関係の仕事に関わった時ショックなことがある
前夜「木曽」への赴任を電話連絡した講師は快く応対
「返事は一晩待ってください」と言う
次の朝早々断りの電話がくる
家庭事情があったのだろうか？
同じようなケースが何度か続く
「木曽」と聞くと「回れ右！」なのか？

木曽はどうも長野県や中信地方の中に入っていないようだ！
某市では木曽への赴任は全部僻地《へきち》扱い
木曽への赴任が決まった某教師は「俺は都落ちだ！」と嘆く
県境近い下伊那山間部の学校への転勤の辞令をもらった某教師
「私は何か悪いことをしたのですか？」と県教委を問いただす

「寺に大小あれども住持《じゅうじ》に大小なし」
都遠く離れた辺地《へんち》に一人の子あれば馳せ参じる教師
辞令は手を合わせて押し頂く
赴任先はどこでも教育の中心
教育の「イーハトーヴォ」はここにあり
教育の発信地信州木曽

木曽の哲学

狭い谷で猫の額くらいの狭い土地を耕してきた木曽人
陽も十分当たらない石原を開墾して耕作をしてきた木曽人
この地を開墾し田畑を切り拓《ひら》くことは至難《しなん》の業《わざ》
祖先の人々の並々ならぬ労苦に頭が上がらない
汗と血から尊い哲学を生んできた
決して揺るぎない木曽の哲学があるはず

セクハラとパワハラ

世界中セクハラやパワハラのニュースで持ちきり
今までどうしてこの言葉は表に出てこなかったのか

今出てきたのは民主主義思想が成熟し男女平等思想が定着してきたせいなのか
セクハラやパワハラを尺度にして社会を見る
その国のその時代の成熟度《せいじゆくど》と品格《ひんかく》がわかる
これくらいなら許してもいいだろう
このくらいなら見逃してもいいだろう
会社のためならがまんしよう
関わると煩《わずら》わしく面倒になるから言わないでおこう
人間関係が険悪《けんあく》になるから訴えるのはやめよう
様々な思惑《おもわく》があったからだろうか

リーダーは忘れてはならない
役職が上下存在する自体パワハラを含んでいること
上位の者が考えもなく言動すれば様々なパワハラが生まれる
時には上司がそこにいるだけでパワハラ
パワハラは集団や組織のモチベーションを弱める

人類の人権思想はまだまだ中途

心高鳴る懐かしい歌

酒井朝彦《さかいあさひこ》作詞旧読書《よみかき》小学校校歌三番
「とこしえに　正義をもとめ♪」
統合した校庭の庭にひっそりと旧校歌碑が立つ
小学校時代難解で意味がわからなかったが一生懸命歌う
安良岡康作《やすらおかこうさく》作詞南木曽中学校校歌三番
「星まで高く飛べ♪」
この部分を歌うと胸が高なり感情がこみ上げ声がつまる
次代を担う若者に対する島崎藤村の思い

亀井勝一郎《かめいかついちろう》作詞旧福島中学校校歌三番
「真理の道を求めゆかん♪」
都会の喧騒《けんそう》に疲れた亀井は木曽を訪れる
木曽の若者と夜を徹して飲み語り合う
日本の行く末を語り合う

横内秀雄《よこうちひでお》作詩蘇南高等学校校歌の四番
「正義の旗をかざしつつ♪」
信州の南の県境に建つわが母校
地域の熱い思いをもった人々によって建つ
創立六十五周年
南木曽岳を背にして力強く校旗がなびく

相馬御風《そうまぎょふう》作詩早稲田大学校歌の一番
「進取の精神　学の独立♪」

時代の流れに媚《こ》び諂《へつら》うことなく突き進む精神
野人の声は今大島国《だいとうこく》に鳴り響く
校歌は若者の精神を高揚《こうよう》・奮起《ふんき》させ人生を切り拓《ひら》く

人間の章

人間の章

焼香《しょうこう》中に流れた「俵星玄蕃《たわらぼしげんば》」の歌

祖父の兄弟の子息Sさんの葬儀に参列
結婚式会場にアコーディオンを持って駆けつけてくれたSさん
司会者と呼吸を合わせて歌い踊り雰囲気は最高潮
式が終わり中津川駅に駆けつけ
新婚旅行に出発する花婿花嫁を見送る
現役駅員という職業柄にものをいわせて
駅の構内放送を使って二人の門出を祝福する

まず二人の名前をアナウンス
「これからご両人は人生の出発をします。皆様祝福をお願いします」とアナウンス
酩酊《めいてい》している参列者がその勢いで花婿を強引に持ち上げホームで何度も胴上げ
酩酊していた花婿もさすがに肝《きも》を冷やす

本職は旧国鉄に勤める車掌
結婚式の司会から袈裟《けさ》を着て葬式のお経までこなす
焼香中故人が大好きだった三波春夫《みなみはるお》が歌う「俵星玄蕃《たわらぼしげんば》」の歌が流れる
ロシアの強制収容所から帰った三波春夫は余生《よせい》を満面の笑顔で過ごす
東京オリンピックのテーマソング「東京五輪音頭」
大阪の万国博覧会のテーマソング「世界の国からこんにちは」
多くの人々に歌われ日本の戦後復興を後押し
「二度と戦争は起こしてはならぬ」という三波春夫の強い思い
これらの歌によって平和の精神が世界中に伝わる

戦後苦しい生活を余儀《よぎ》なくされたばあちゃん
どんなに忙しい時でも小さな白黒テレビの前で陣取《じんと》って三波春夫の歌だけは聴き入る
Sさんと三波春夫、そしてばあちゃんに相通じるものがある
何を世界に発信するか二度目の東京オリンピック

私の叔父

四十一歳で亡くなった叔父
少年の父の弟
営林署に勤めていた叔父
何日も山奥の担当区の宿舎で生活していた叔父
まだ結婚前の叔父
毎週土曜日の夜
担当区から帰って来る叔父

少年と同じ部屋で過ごす叔父
自分の子どものように少年をかわいがってくれる叔父

幼い日少年のおしめを持って中津川や名古屋に遊びに行く
少年は名古屋のテレビ塔で迷子になる
大声で泣いていた少年を探し強く抱きしめてくれた叔父

女形《おやま》の姿に変装して少年を驚かせたひょうきんな叔父
宗教勧誘《かんゆう》に祖母のところに来た人々を巧妙《こうみょう》にかわした叔父
色彩豊かなネクタイを何百本も持っていたおしゃれな叔父

しばらくぶりに家に帰って来た叔父
半睡《はんすい》している私の傍らで漫画を描いていた叔父
少年は手塚治虫《てづかおさむ》よりも上手《うま》いと思う

小学生になった少年は小屋の二階に閉じこもって忍者まがいの生活
小屋のタンスを開けたら英語や数学の本が出てくる出てくる
向学心《こうがくしん》に燃えた叔父は高校に行くためにこっそり勉強
やがて家庭の事情であきらめざるをえなかった叔父
今　叔父の悲しみがよくわかる
今　学ぶことの有り難さと尊さをかみしめる

中学校卒業時に叔父から贈呈された一冊の本
高橋庄治《たかはししょうじ》が著した『ものの見方考え方』という小さな本
「人生は二度とない。一生懸命生きよ！」と書かれた署名入りの本

教員に採用された年の四月
勤務校飯田市の竜東《りゅうとう》中学校の教員住宅に来訪
私は部活動引率で外出していて留守
波打った畳の住宅に入ってご飯を炊《た》きおかずまで作って帰って行った叔父

机の上の便《びん》せんには「体に気をつけてがんばれ！」と美しい文字で書いてある
まもなく叔父は四十一歳の若さで亡くなる

父

姉六人の下に生まれた父
二十歳で結婚して家督相続《かとくそうぞく》
営林署に通いながら八反歩《はちたんぶ》の田んぼと広い畑と山野を管理
長年地区の義理《ぎり》や様々な地区の役《やく》をこなし「むらおこし」のために尽力
四十数年ぶりに帰郷した長男は改めて父の偉大さを思い知る

家を建てることが父の生涯の夢
雪の日　山奥から鳶《とび》で運び出した木曽　檜《ひのき》
自らコンクリートを打った頑丈な土台

方々《ほうぼう》の業者を訪ね歩きやっと探し出した笹模様《ささもよう》の入った檜の床柱《とこばしら》
田んぼの真ん中にあった大石《おおいし》をずらして造った滝のある石庭
山奥の湧水《ゆうすい》をヒューム管で引いてきて大石の上から落とす
庭一面にアスファルトを敷き雑草の侵入を防ぐ
雑草が猛威《もうい》を振るう季節になると隣人が羨《うら》やむ
父のおかげで子孫は大助かり
先々の子孫のことまで考えていた父
いつも反抗ばかりしていた少年
今ごろになって父の思いがわかる
孝行したい時分には親はなし

母

九歳で実母を亡くし三人の兄弟の面倒を見る

弁当を作り
通学用の鞄《かばん》を作り
破れた着物を繕《つくろ》う
二十歳で岡田家に嫁《とつ》ぐ
四世代家族に囲まれ三百六十五日フル操業
舅《しゅうと》に責められ何度実家に帰ろうと思ったことか
子ども四人と孫六人を慈《いつく》しむ
朝早く隣近所へ行って頭を下げて給食費を借りる
大学生四人への仕送り
男勝りの山仕事や建設作業に精を出す
丸山明宏《まるやまあきひろ》の歌「ヨイトマケの唄」がふと思い浮かぶ
無理がたたって還暦《かんれき》が過ぎた頃から足は曲がり激痛に襲われる
風呂に入ると少年の猫背ぎみの背を伸ばしごしごしと擦《こす》る
「ボロを着てもうまいものを食べさせてやる」と口癖《くちぐせ》のように言う
遠足の日には朝早く起きて田麩《でんぶ》の入った稲荷寿司《いなりずし》を作る

誰にも看病されることなく七十六歳で逝く
生きている時も亡くなるときも誰にも迷惑をかけない
自分のことは一番最後にして人のために尽くした人生
父《ふ》母《も》恩重《おんじゅう》　経《きょう》最高勲章《さいこうくんしょう》を胸につけたい

日本一の特急「信濃」の車掌

今は亡き永六輔《えいろくすけ》氏の講演会
「日本一の電車の車掌さんは中央西線特急『信濃《しなの》』に乗っています」と話す
天下の名勝「寝覚《ねざめ》の床《とこ》」を通過中
速度を緩めその名前の由来（浦島太郎伝説）を説明

若葉の季節
特急「信濃」が木曽路に入る

スピーカーから
「列車は木曽路に入りました。木曽路の春の緑色の風を皆さんに届けたいと思いますが、残念ながら皆さまの席の窓は開きません。しかし、一か所車掌室の窓が開いています。この窓から皆様に木曽谷の風を届けます。お客様、通路のドアを開けてください。ただいまから木曽の新鮮な美味しい春風を届けます」
というアナウンス
風は川の流れのように車内に吸い込まれ吹き抜ける
車掌の粋《いき》なはからいで車内はいっぺんに貴族の御殿車《ごてんしゃ》

開田高原とパリ

フランスから開田高原にやってきたセガンティーニの少女ジャーヌ・コビー
この地から離れ難くなり村人と一年間暮らす
機織《はたお》り女畑中たみさんから小さな民家を借りる

機織りを習い　馬に乗り　田畑を耕し　開田高原の光をいっぱい浴びる
透きとおったライムグリーン色の風を胸一杯吸い過ごす
畑中さんの慈しみあるやさしいもてなし
粋《いき》な心遣い　センスあるユーモア　底抜けに明るいキャラクター
少女にとってはどれも新鮮な体験ばかり

母国に帰った少女は日本とフランスの交流に尽力
やがて開田の古民家を日本から何千キロも離れたフランスのパリに移築する夢を抱く
目的実現のために東奔西走《とうほんせいそう》
様々な困難に遭遇《そうぐう》
やがて彼女の夢は多くの賛同者を得て実現
パリの一角のブローニュの森の公園内に移築
近代的なビルが林立《りんりつ》しネオンが輝く街の象徴
何が少女の心を強く動かしたのか

まずがっしりとした木組みの柱や黒光りする板戸に感動
次にこの家の中で住む家族の思いやりのある謹厳《きんげん》な生活に感動
貧しい生活の中でも支え合って生きる家族の愛や絆《きずな》
ナポレオン法典にも家族について大切に記述
この愛や絆をこの古民家を通して世界中に伝播《でんぱ》
何百年もの間重ね合わせられ貼られてきた厚い神社の御札《おふだ》の束
台所の釜や調度品
神棚から便所までそのまま持って行く
ここに家族のあるべき姿の原点あり

酒井雄哉《さかいゆうさい》

人間の限界は誰が判断するのか
学問で　運動で　仕事で　遊びで…

努力の限界はどこで見るのか

特攻基地で終戦を迎える
復員後ラーメン店を開業したが火事で焼失
職を転々とし腰がすわらない
やがて結婚するが妻は命を断つ

酒《さか》井《い》雄哉《ゆうさい》は宙に浮いた人生を送っていたが母の助言で発心《ほっしん》し比叡山《ひえいざん》に登り出家
千日回峰行《かいほうぎょう》に挑戦し完了
地球一周にあたる約四万キロ歩く
途中五穀《ごこく》と塩を断ち不眠・断食断水で真言を唱え続ける
朝霧の中瀬音の声を聞きながら無念夢想で歩く
自然の中に溶けこみ風の声を聴き樹木の声を聴き天地と一体となりひたすら歩く
闇の中から浮かび出る路傍《ろぼう》の石地蔵は息を凝らして見守る
七年がかりの千日回峰行の荒行を二度達成する

毎日何十キロも歩く
病んでも　けがをしても　大雪が降っても　ただひたすらに歩く
生き仏として崇《あが》められる

わが愛する友人大塚くん

私の大切な窓ふきのアルバイト仲間大塚くん
会社や仲間からの信頼は厚い
私にとっても最高のパートナー
大塚くんは香港《ホンコン》出身の中国人
中国名は「銭志文《チェンシーフェン》」
日本名をどんな名前にするのか迷う
山手線大塚駅近くのアパートに住んでいるから「大塚」にしようという仲間の一言で決定
美術の勉強をしたくて日本にやって来て二年

香港の学校には美術の授業はない
美術の専門学校もない
日本の餃子《ぎょうざ》は野菜ばかりで肉があんまり入っていないという
食堂に行くたびにたっぷり肉の入った餃子を食べたいという
しばらくして日本では自分の興味のある美術の勉強はできないという
フランスのパリに行きたいと言い出す
渡航費用をかせぐために今まで以上にアルバイトに精を出す
家族への仕送りもしていたというから大変
夏休みが終わりアルバイトに復帰したが大塚くんはいない
しばらく寂しい日々が続く
夢を追い求める大塚くんの前途に幸あれ

世界の多くの国では義務教育の中に「美術」がない
日本の文科省も「美術」の時間を減らしている
選択教科になった学校もある

写生大会の画用紙の大きさも半分になる
写生大会がない学校も出てくる
「技術科」や「家庭科」も同じように時間数が減ってくる
「手仕事がなくなった国は亡びる」と言った学者がいたが…
今　日本は　世界は　どこに向かって行こうとしているのか

ダンボールおじさんと琵琶《びわ》を愛した警備員

高田馬場駅近くの西友ストアでアルバイトした三年間
心豊かな多くの人と出会う
一緒に商品の陳列《ちんれつ》をした仲間は言うまでもない
店内で様々な仕事をしている人々とも生涯の友人になる

「ダンボールおじさん」はもっとも好きな人

深い皺《しわ》の中に笑《え》みを浮かべ閉店前の午後六時頃にやってくる
ダンボールから品物を出し陳列した後が勝負
店内のいたるところに放り出された様々な形や大きさのダンボールを拾い集める
正方形の形にして紐《ひも》で縛る
十数センチの高さにすると台車に乗せる
その技《わざ》はまさに神業《かみわざ》
一度縛られたダンボールはどんなに乱暴に扱っても形は決してくずれない
仕事が一段落すると縛り終った段ボールの上にどっかり座る
愛用のキセルを出してたばこを吸い始める
そんな時どんなことを聞いてもていねいに応えてくれる

若い男性の警備員は午後七時にやってくる
関西の大学を卒業後上京
昼間は他の会社に勤務
長身で恰幅《かっぷく》がいい

侵入者もこの姿を見ればだいたい逃げてしまうだろう
この警備員の趣味は琵琶演奏
愛する琵琶のために働いているといっても過言ではない
夜の巡回が終わると控え室で琵琶の手入れ
某日
アルバイト仲間の絶大なる要望に応えて琵琶演奏
その厳粛《げんしゆく》な透《す》きとおった音色《ねいろ》は夜の高田馬場の街に響いていく
聴いた者は感動しいつまでも大きな拍手
例年にない厳寒の冬琵琶に大きなひびが入る
気候に敏感な楽器は適度な気温と湿度が必要
この冬の寒さは異常で無慈悲
それ以降警備員の声はか細くなる
琵琶は中国産の太い桑の木を工作して作る
警備員の琵琶は中国から取り寄せたもの
新しい琵琶を手に入れることは至難《しなん》の業《わざ》

誰もが元気になることを心から祈る

明恵《みようえ》上人

明恵上人は紀伊の海に向かって詠《うた》う
　あかあかやあかあかあかやあかあかやあかあかあかあかあかや月
「ああ松島や松島や」と詠った松尾芭蕉の感動の境地と同じ
故郷紀伊の海に手紙を書いた明恵上人
幼い日に母と見た夕日が五感に焼きついている

木の股に座り瞑想《めいそう》する明恵上人
複雑に絡み合った枝は動物たちの遊戯《ゆうぎ》の場所
明恵の傍らではしゃぐリスたち
頭上では忙しく舞い交う小鳥たち

大阪の美術館で初めて真筆《しんぴつ》の「明恵上人樹上坐禅像」の掛け軸を鑑賞
感動に時間の過ぎるのも忘れて魅入る
以前職員旅行で栂尾《とがのお》高山寺《こうさんじ》で見た複製の掛け軸とは異なる
政《まつりごと》に窮した三代将軍北条泰時は栂尾高山寺に明恵を訪ねる
板敷きの床に座り明恵上人から国のあり方を問う

長女が生まれた年に京都を訪ねる
高山寺の明恵上人の名前をお借りし「あきえ」と命名
この時栂尾で購入した二本の北山杉の苗は木曽の山ですくすく成長
「ありのままの自然」と「夢の世界」を愛した明恵上人
今　安堵して座る場所はあるのか

新山《あらやま》の忠《ちゅう》さ

営林署に勤めていた新山の忠さの愛用車は五十ccのバイク
毎朝八時半に私の家の前をエンジン音心地よく通過
プロ野球で午後八時半になるリリーフピッチャーとして登板した選手が巨人にいたが…
毎朝誤差なく通る忠さのバイクの音で時間を知る
地区の人々は忠さのバイクの音を目安にして一日の生活リズムをつくる
誠実で謹厳《きんげん》な人生を送る人が減ってきた昨今
電車が一時間も二時間も遅れても平気な国もあるが…

南アルプスの少女野花《やおい》

彼女の名前は野花《やおい》

画家いわさきちひろのご子息松本猛《たけし》氏のご苓女《れいじょ》は野花《やか》という
命名した両家の思いは同じだろう
「野の花のように」と記されている聖書「マタイ伝六章」
人類のあるべき姿が書かれている

赤石岳が目の前にせまる家から学校までの長い道のりを毎日歩く
路傍《ろぼう》に咲く野の花の名前はほとんど憶《おぼ》える
友である野の花と語り合いながら通う
そんな野山の地下深くリニア中央新幹線のトンネルが通るという
ミゾゴイやブッポウソウは渡ってくるだろうか
ライチョウは生き延びることができるだろうか
南アルプスの乙女《おとめ》の番人野花の心は安まらない

返事

四国愛媛の詩人坂村真民《さかむらしんみん》
詩「二度とない人生だから」の中で「返事はかならず書くことにしよう」と書く

東山魁夷画伯から時をおくことなくお返事が届く
至らない私がいただくにはあまりにももったいない
頭を下げて正座して押し頂く

永六輔《えいろくすけ》の放送を聴いたリスナーから日々何百通もの手紙が届く
どんなに忙しい時でも一通一通ていねいに返事を書く
リスナーの一人の宮本重雄は四十年間に一万通を越えるはがきを送ってもらったと言う
最愛の妻を喪った永六輔
天国の妻に千通を越えるラブレターを送る

一通でもいいから返事を待っていたのだろう
永六輔の父永忠順氏はこう言う
「人からいただいた手紙に返事を書けないほどの忙しさは人間として恥ずかしいことだ」

心ある人にたよりを送ると時間をおかないで返事がくる
亡き詩人坂村真民《さかむらしんみん》氏は濃縮な墨を太筆に含ませて一気に書いてお送りくださる
亡き詩人松永伍一氏は細い万年筆を使いやや傾いた幾何学的な字で書いてお送りくださる
亡き宮澤賢治の弟清六氏は兄とそっくりの温もりある字で書いてお送りくださる
亡き東山魁夷画伯の妻すみ夫人は句読点を使わない優しい文字で書いてお送りくださる
亡き木内行雄《きうちみちお》先生は迫力ある文字を薄和紙と薄墨《うすずみ》を使って書いてお届けくださる
亡き牛丸仁《うしまるひとし》先生は自慢の太い万年筆で潤《うるお》いあるしっとりした字で書いてお送りくださる
井口利夫《いぐちとしお》先生は歯切れ良く賛辞の言葉を入れて至らない私を激励してくださる
澤頭《さわがしら》修自《しゅうじ》先生は青いインク入りの万年筆で心温もる言葉を入れてお送りくださる
堀進《ほりすすむ》先生は豊富な語彙《ごい》で自作の句を筆字で和紙に書いてお送りくださる
いずれのたよりもかけがえのない宝物

いつも人生の糧となり指針となる

宮澤賢治《みやざわけんじ》

前世《ぜんせ》を行脚《あんぎゃ》してきた修行僧《しゅぎょうそう》宮澤賢治《みやざわけんじ》
あらゆる生き物が相争うことなく生きることのできる世界の実現を夢見た宮澤賢治
人類と動物が共に生きることができる新たな世界を模索《もさく》した宮澤賢治
新たな時空を創って人類と動物のあるべき方向を求めた宮澤賢治
植物の葉裏《はうら》で蟻《あり》や蛙《かえる》の悩みを聴いた宮澤賢治
ヤマバトやヨダカの会話に耳を傾けた宮澤賢治
『ビジテリアン大祭』を著《あらわ》し生命《いのち》の尊厳《そんげん》を説き世界に訴える
　あらゆる獣《けもの》や虫もみんな昔からの兄弟なのだから決してひとりで祈ってはいけない
　総《すべ》ての生物はみな無量《むりょう》の劫《かるぱ》の昔から流転《るてん》に流転を重ねて来た
食物連鎖《しょくもつれんさ》や弱肉強食《じゃくにくきょうしょく》の世界を問い正した宮澤賢治

一息を吸うと命を失う何億のバクテリア菌や微生物《びせいぶつ》の命のことまで思いを馳《は》せた宮澤賢治
植物に言葉を与え哲学や人生を語り合った宮澤賢治
ミミズクのようにホウホウと声を出し宙《ちゅう》を舞い風や雲と交流した宮澤賢治
悩み苦しむ人々のために涙を流しオロオロ歩いた宮澤賢治
宗教と科学の力の可能性を求め共存《きょうぞん》・融合《ゆうごう》できる世界を模索《もさく》した宮澤賢治
小岩井農場の草原《くさはら》に立つ大樹に耳を寄せ生命《いのち》の水の音を聴いた宮澤賢治
星降る岩手山頂で猩々《しょうじょう》色の雲の彼方《かなた》に古代人が燃やす火を見た宮澤賢治
イギリス海岸で石を耳にあてマグマの音を聴いた宮澤賢治
本当の幸《さいわい》を求めて銀河鉄道を急いだ宮澤賢治
石炭袋《せきたんぶくろ》も南十字星《みなみじゅうじせい》も越えて走り続ける宮澤賢治の銀河鉄道
賢治の星は今も小熊の星のまっすぐ上にむせぶように光っている

宮澤賢治の星

岩手県出身の村上昭夫《むらかみあきお》は生涯一冊の詩集『動物哀歌《どうぶつあいか》』を出版
同じ郷土出身の先輩宮澤賢治を愛し「賢治の星」という詩をつくる
難病で四十一歳で星となる

小熊の星のまっすぐ上に
むせぶように光っている星がある
あれはね
賢治の星というものだ

ぼくは賢治のことをよく知らない
でも賢治の星なら知っている
あらゆるけものもあらゆる星も

みんな昔からの兄弟なのだから
決してひとりを祈ってはいけない
賢治の星ならばよくわかる

生きとし生きるものすべてを愛し共に生きることを願った賢治の人生

東山魁夷《ひがしやまかいい》

「自然は心の鏡」
中国からの渡来僧鑑真《がんじん》和上《わじょう》を生涯の心の師とした画伯
自然を愛し世界の平和を願い筆を持つ
消えゆく自然の声を聴き大地を鎮《しず》めるために絵を描く

幼い日病弱だった新吉《しんきち》少年は丘に登って瀬戸内海《せとないかい》を見下ろす

地にひざまずき野に咲く小さな花たちに声をかけながらスケッチをする
花たちは早く描いてくれと声を発する

青年になった画伯はテントを背負って木曽川沿いに歩き木曽御嶽《きそおんたけ》をめざす
旅の途中笑顔が美しい気さくな多くの木曽人に会う
雷雨《らいう》に襲われびしょぬれになって飛び込んだ農家
老婆は奥座敷に案内しご馳走をしてくださる
長年煤《すす》と共に磨き込まれた黒光りする板戸を見る
がっしりした木組みの柱や梁《はり》を見て勇気をもらう
日本画家になる決意をする

やがて汚れのない自然を求めて世界を巡る
「東山魁夷ブルー」をもとめて北欧へ
悠久《ゆうきゅう》の山河を描くために鑑真和上の故郷中国へ
十年間日本の山や海津々浦々《つつうらうら》を訪ね唐招提寺御影堂《とうしょうだいじみえいどう》に障壁画《しょうへきが》を描く

消えゆく古都を目の前にして筆を早める
美しい日本の風景と共に守り続けた美しい日本語
生涯日本の美しい自然を描き日本人の心を伝える

すみ夫人と東山魁夷

美術館で画伯の絵を観て結婚相手を決めたというすみ夫人
字にも絵にも人柄が現れるという
画伯が六十数年ぶりに木曽を訪ねる
タクシーの窓から手を振って私たち家族を迎えてくださった画伯夫妻
時代遅れのブレザーを着た画伯は椅子に座っても背中を背もたれにつけない
靴はレトロ風ですみ夫人が靴紐《くつひも》を丁寧に結ぶ
だれも入れない夫婦の世界
日本画の最高峰東山魁夷はすみ夫人と共にある

坂村真民《さかむらしんみん》

午前一時　重信川《しげのぶがわ》の河畔《かはん》を歩く
夜のしじまに天空から下る神仏の声を聴く
未明混沌《みめいこんとん》の時間に身を洗い魂を清める
大地に額をつけ地球の安寧《あんねい》を祈る
やがて重信川は朝陽を受け明らみいく

一遍《いっぺん》上人の祈りを引き継ぎ「念ずれば花ひらく」の碑を五大陸・五高峰に建立《こんりゅう》
千基を越えた真民碑は祈りの場になる
万人の心を癒やし生きる力を与える
字のごとく「今《いま》」の「心《こころ》」を生きることを説く

大鹿産《おおしかさん》の石に真民碑を彫った義母
小さな池の傍《かたわ》らに建つ小さな碑
四季折々碑の前に咲く花々は碑面《ひめん》に美しく映える
愛猫は碑にのり日向ぼっこ

太平洋戦争を防げなかったのは自分のせいだという
二度と戦争を起こさないために詩を作る
九十七年間祈りの人生をまっとう

今　生きることの大切さを詩で語る
縁《えにし》の尊さを問い続ける
めぐりあいが人生を決定する
二度とない人生だから

やなせたかしと永六輔《えいろくすけ》

やなせたかしは子どもたちに夢を与え続ける
アンパンマンは世界中を飛び交いひもじい人々にパンを与える
「それ行けアンパンマン」の歌は東日本の大地震の被災者に勇気を与える
やなせたかしはデリケートな人々の傍らにそっと寄り添う
「てのひらを太陽に」の歌は生きる喜びを教えてくれる
教科書に載り全国の子どもたちが歌うようになる

永六輔は失われつつある日本の知恵と文化を守り続ける
日本の津々浦々《つつうらうら》を歩き手仕事や職人気質《かたぎ》を守る
ラジオを通して日本人の粋《いき》な世界を多くの人々に届ける
つつましくひっそり生活する日本の人々と膝《ひざ》を交えて語り合う
手ごわい科学文明と押しくらまんじゅう

作詞をしたＳＵＫＩＹＡＫＩソング「上を向いてあるこう」は国境を越える
主語のないこの歌は世界中の人々によって歌われる

戦争で弟を亡くしたやなせたかし
戦争のない平和な世界の実現のために詩を書く

ばいきんまんやドキンちゃんはいたずらもするが愛すべき友人
アメンボだってミミズだって命あるもの全てを愛する

同時代を生きぬいた二人はかけがえのない伴侶《はんりょ》に出会う
妻に先立たれた二人は遺志を引き継ぎ共に生きる

どこまでも明るく生きることの喜びを伝える
自由と平和を守るために「文化」という鎧《よろい》を着てバリケードを張る
日本人の慈しみの心と和《やわ》らぎの心を発信し続ける

弱い立場にある人々に優しい言葉をかけ続ける
この世に生《せい》を受けた者に生きることの意味を教える
二人を同時にうしなった日本の悲しみ
二人の遺志をいかにして繋いでいくか
今こそ日本の正念場《しょうねんば》

島崎藤村《しまざきとうそん》

木曽の谷間から世界を観た文豪《ぶんごう》島崎藤村
世界に誇るスペクタクル小説『夜明け前』
『戦争と平和』や『風と共に去りぬ』の隣に並んでいても遜色《そんしょく》ない
道中長い中山道のような長編小説を読み進めるには途中少しの忍耐が必要
峠を越えて読み進めていくと物語を導く新しいコンダクターが街道で待っている

人物と自然は協奏曲になりやがて交響曲に
伴奏者もいつのまにか主人公になり熱演
主なるメロディも暗幕裏にひかえる
木曽谷をドローンで低空飛行をして激動の日本を偵察
日本のありのままの姿を民衆の眼で慎ましやかに記録
今までの日本の歴史は整理され後の日本の姿を映し出す
古代から近代を語り現代を越え未来を透視
「木曽路はすべて山の中である」
この一文があってこそはじめて木曽は存在感を増し脚光を浴びる
日本人の心の故郷《ふるさと》木曽馬籠は今日に生きる
木曽馬籠は日本人が回帰する場所

小説『嵐《あらし》』は家族と国家の混乱を暗示
家族の葛藤を著し家族の絆を表現
楠雄《くすお》　鶏二《けいじ》　蓊助《おうすけ》　柳子《りゅうこ》の息づかいが伝わってくる

男一人で四人の子どもを育てる
日本の理想の父親像を先取り
新しい恋愛の形や女性の生き方を示唆《しさ》
おゆふさんとこま子さんは新しい日本の女性の姿

教育者藤村
「人の世には三智がある」
「星まで高く飛べ」
「誰でも太陽であり得る」
教育のあるべき方向を示唆

子どもたちを故郷に送り自分の幼い日の体験をさせる
生涯故郷への熱い思いは希薄《きはく》にならず
幼い日に味わった味は忘れず

木曽の藤村
中津川の藤村
小諸の藤村
日本の藤村
世界の藤村
藤村の精神は時と場を問わず生きる

御嶽海

信州には海はないと県歌「信濃の国」に歌われている
最近大きな海ができる

木曽青峰高校に入学した大道久司君
四月半ば午後の遅い時間

相撲場からの帰り道仲間二人と一緒に母校福島中学校を訪問
校長室のドアを軽くトントンたたく
「どうぞ！」と言うとドアが少し開けられ大きな目がキョロキョロ
「学校訪問に来ました！」と頭を深々と下げる
ワイシャツのボタンはじけ臍《へそ》が丸見え
満面の笑顔とどこまでも爽やかな一挙手一投足
茶目っ気たっぷりで屈託がない
お茶を一気に飲み干す
仲間とじゃれ合いながらも高校生活の様子をくわしく話してくれる
勉強は難しく相撲の練習は厳しいが学校は楽しいと言う
後から出されたお菓子も一つ残らずたいらげてしまう
「また訪問します」と言って礼儀正しい挨拶をして帰る
沖縄で開催された第三十回全国中学校相撲選手権大会で母校福島中学校は全国優勝
小兵力士《こひょうりきし》が並み居る大型力士を次々に倒す

決勝戦では三村喜一郎先生の声が会場いっぱいに響く
優勝を記念して第二十八代立行司《たてぎょうじ》木村庄之助が「書」を揮毫《きごう》
『自分の持ち味をいかせよ』
やがてこの言葉は「御嶽黒光真《おんたけこくこうま》」の石に刻み込まれ福島中学校正面玄関脇に建立
相撲部のみならず全校生徒の教訓となる
毎日練習の後磨くのが相撲部の日課となる

木曽人の相撲に対する情熱は半端でない
明治時代から夜を徹して行われた町民相撲大会
裸電球の下で熱戦が続けられる
どこの学校でも土俵が造られ青少年の心身を鍛練する
基礎・基本を大切にする木曽の相撲
御嶽海は幼い日から毎日四股《しこ》を踏み続ける
先輩と後輩の絆《きずな》は厳しい稽古《けいこ》から培《つちか》われる

山峡に響く気合いの入った声
木曽の風雲児御嶽海は不滅
御嶽海の後に続くちびっ子力士たち
厳しい稽古は続く

木曽の円空《えんくう》

木曽川の大洪水で愛する母を喪《うしな》う
川から引き上げられた母の白い体を見た円空は震えおののく
やがて母の命を奪った木曽川を遡《さかのぼ》り木曽谷にたどり着く
木曽川で拾い集めた木っ端を持って岩窟《がんくつ》にこもり仏像を彫る
大伽藍《だいがらん》に安住することなく風と行き来し鳥と共に歌う
母を弔《とむら》うために諸国を行脚《あんぎゃ》し生涯十二万体の仏像を彫ることを発願する

河原の木っ端《こっぱ》を求め鉈《なた》で仏像を彫る
庶民の言葉にならない怨念《おんねん》や憤怒《ふんぬ》や悲哀を感じながら歩く
乞食坊《こつじきぼう》と言われ小便坊主と言われ一宿一飯を求め歩く
ひもじくなれば尼寺に行き倒れ食と色を請う
金襴《きんらん》の袈裟《けさ》や紫衣《しい》を求めることなく破れ袈裟《けさ》をまとい自然の中に埋もれる
中央から遠去かり権力から離れ庶民の中へ入る
規矩《きく》や儀軌《ぎき》にとらわれず心のおもむくままに行脚し仏像を彫る
荒海に仏像を投げ入れ波をしずめ豊漁を祈る
病《やまい》に伏せる童子のために小さな木の仏像を彫り握らせる
小さな煤《すす》けた仏壇に置かれ円空像に百姓は節《ふし》くれ立った手を合わせる
厨房《ちゅうぼう》に置かれた韋駄天《いだてん》は火から館《やかた》を守る
やがて円空像は童子の遊び道具になって投げられ蹴られる
円空像は災難とも思わず童子と一緒に遊ぶ
風呂の薪《たきぎ》となって火の中に焼《く》べられる
今も仏壇の奥に人知れず静かに横たわる円空像は人々を見守る

時代の章

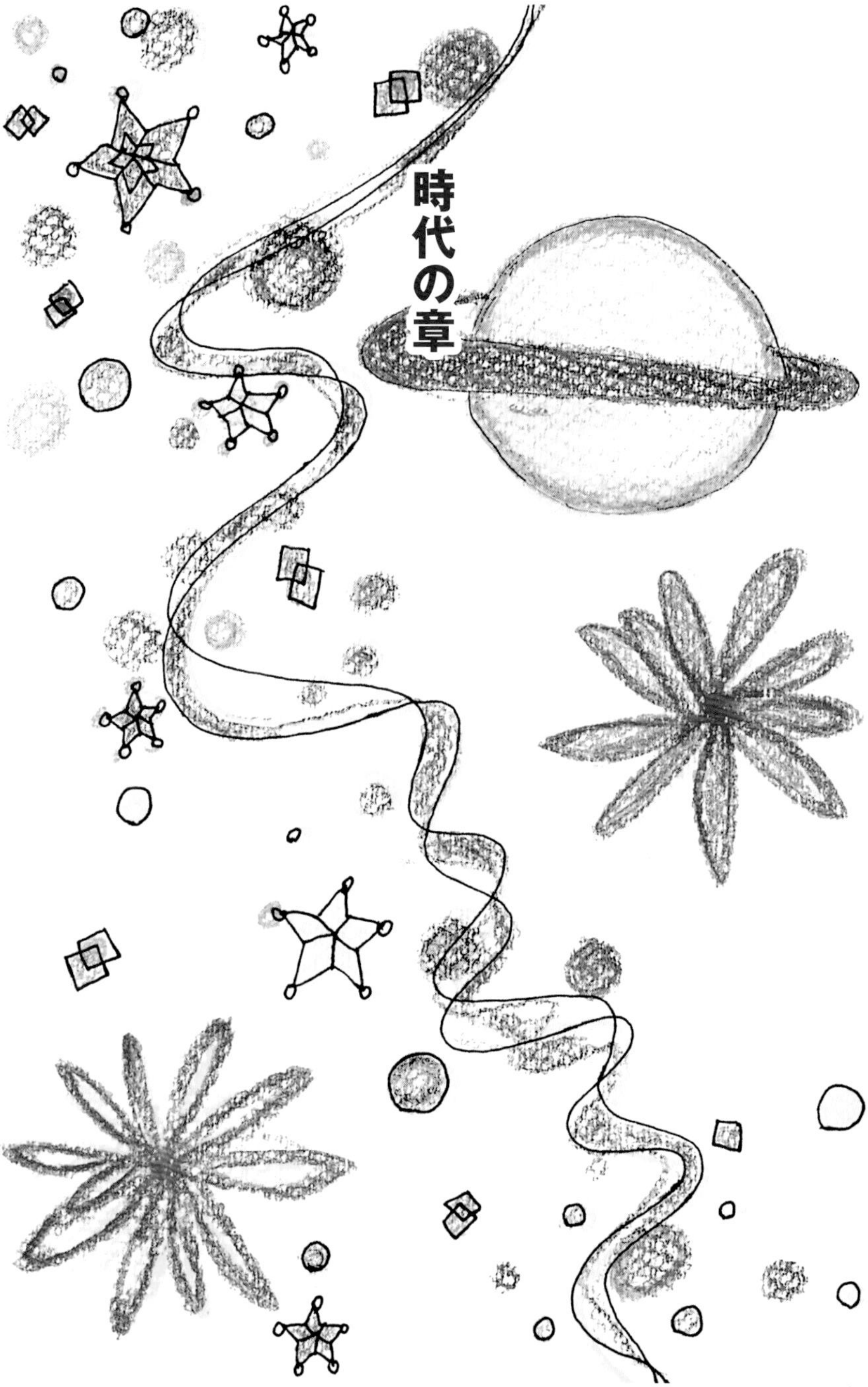

時代の章

マニュアル人間

東海道新幹線が完成して「こだま号」や「ひかり号」が走り始める
炎暑の夏
車内でも額に汗がにじむ
車掌がやって来て冷房のスイッチを入れる
しばらくして冷温に耐えきれなくなった少女
靴を脱いで椅子の上に正座して身を丸める
母親は車掌を呼び止め温度を上げてくれるように頼む

早速車掌は車両ごとに備えられている温度計に向かう
指さして「大丈夫！」と言いながら頷《うなず》く
温度は変わらない
相変わらず少女は寒さで震えている
寒さに耐えかねた学生らしき若者が読んでいた新聞を体に巻きつける
暖気は上昇するが冷気は足もとあたりに停滞
目の高さに設置されている温度計では適温であっても足もとは寒い
高度経済成長時代に入ってから科学に身を任せたマニュアル人間が増える

グリーンピースとカネジャク

開通まもない東海道新幹線に乗った大工の棟梁《とうりょう》
朝飯をとらずに飛び乗る
腹がへって耐えきれない

ねじりはちまきをしてビュッフェに行く
外国人ばかりでにぎわっている
フォークとナイフを使って手ぎわよく食べている外国人を見て棟梁は身を縮める
どんなに挑戦しても上手くグリーンピースをつかめない
やむにやまれず箸《はし》が欲しいと係員に頼む
もうしめたもの
箸を使って次々にグリーンピースをつかむ
まるで手品のよう
それを見ていた外国人から大きな拍手
もう棟梁はうれしくなって手まで振って笑顔でこたえる

日本が尺貫法《しやつかんほう》からメートル法に変わって久しい
以前江戸子気質《えどつこかたぎ》の大工がメートル法に反抗
あくまでカネジャクを使って大工を続けると言う
大工は役所に行って「俺は、尺貫法をやめないぞ!」と宣言

「国が俺からカネジャクを取り上げても　俺のめんたまの中に刻み込まれた目盛りは奪えまい　どうしても欲しかったら俺のめんたまをくり抜いて持って行け！」

速《すみ》やかに歴史の流れは変わる

父と山に入り木を伐《き》った少年
伐り出した薪《まき》は斧《おの》で割り木棚《きだな》に並べ乾かす
薪は台所の窯《かま》や風呂炊《た》きの燃料になる
竹の鞴《ふいご》を口に入れほっぺたをいっぱいふくらませて一気に吹く
酸素不足で頭がフラフラ
あれから半世紀
わが家もオール電化
孫は茶の間に居ながらにしての風呂のスイッチオン

便所の呼び名も変わっていく
厠《かわや》から雪隠《せっちん》
御手洗《おてあらい》から化粧室
今はパウダールーム
時代は臭《にお》いに敏感
少しでも臭いを感じると標識が変わる
次の呼び名は何かと思いめぐらすのも楽しい

ひねる文化から押す文化
触《さわ》る文化や擦《こす》る文化
言葉を発するだけで反応するスマートフォン
まばたきするだけで動き出すロボット
そろそろ心に思い描くだけで何でもスイッチオンできる時代

狭い国日本

高度経済成長時代以前
田んぼの畦《あぜ》に大豆や小豆やお茶の木を植え貧しい生活を支える
野に咲くナデシコやオミナエシはどこかに行ってしまう
甘酸《あまず》っぱいヤマブドウや口を真っ赤にして食べた桑の実も消える
田んぼの取水路にいたドジョウもイモリもいなくなる
俊敏《しゅんびん》な少年の両手をかわして飛び去ったチョウチョは少なくなる
少年の網を巧妙《こうみょう》にかわして沼を往復したシオカラトンボもオニヤンマは見えなくなる
化学肥料や消毒剤によって追いやられた蛍《ほたる》や螻蛄《けら》や蝗《いなご》はどこに住んでいるのか
お月様がやっと入るくらいのかわいい田んぼ
借金で購入した大型機械の導入で姿を消す

やかましい人々

まぶしい朝陽が頭を出した頃甲高《かんだか》い声を出して訪れるおばさんがいなくなる

学校帰りに柿を盗んだガキどもをバイタ（棒）を持って追いかけるおじさんもいなくなる
ガナリ声をあげながら回覧板を配って歩くおじさんもいなくなる
個性いっぱいのやかましい人々がいなくなる
今でも顔がまぶたに浮かんでくる懐かしい人々

名人

蝮《まむし》もそそくさと逃げるマムシとりの名人
防護服も着ないで蜂《はち》の巣をとるハチとり名人
片方の眼が見えないが空気銃で鳥を撃ち落とすトリ打ち名人
東雲《しののめ》前に懐中電灯を持って山に入るマツタケとりの名人
川の魚を釣り尽くしてしまう魚釣り名人

国は毎年春秋に大々的に叙勲者《じょくんしゃ》を発表する

そろそろこんな名人も対象にしてほしい
日本にはまだまだ隠れ名人がいっぱいいる

まだまだ自転車をこぎ続ける

限りない欲望が渦巻く社会
合理的　功利的　能率的　効率的などの言葉をスローガンに利潤を追求する社会
何もかも飽和《ほうわ》状態
高熱にうなされる人間
まだまだ金や物を求めてやまない人間
トルストイもあきれる
名作『人にはどれだけの土地がいるか』

ゴミ戦争

国道十九号線の駐車帯
片付けても片付けても捨てられるゴミ
看板や防犯カメラを設置しても相変わらず捨てられるゴミ
ゴミを捨てる習慣はいつどこで培《つちか》われたのか
駐車したことを良いことにドア下にゴミを置いて発車
河川や藪をめがけて車中からポイ捨て
吸い殻は火の粉をつぶして側溝《そっこう》や線路に
よく見ている次の時代を担う子どもたち
日本が高度経済成長時代に入った頃
ゴミは経済成長の証《あかし》
各戸はゴミの種類を問わず穴を掘って埋める
生ゴミは田畑に捨てられ肥料になる

豚や鯉の餌になる
橋の上から川に捨てられる
金属類やガラス類は崖《がけ》から捨てられる
あの不燃のゴミたちはどこに行ったのか
だれもいさめる人がいなかった時代

日本の経済の発展を担《にな》うトラック
そんなトラックの窓からゴミが投げ捨てられる
そんな国のＧＤＰ（国内総生産）が世界の三位であっても誇るべきでない
ゴミをまき散らしている国を文化国家とは呼べない
古代ローマやポンペイには下水設備が完備されゴミ収集場所があった
四大公害裁判もまだ終わっていない
新しいゴミ戦争も始まっている
東日本大震災後放射能におかされた放射性廃棄物は黒袋の中に入れられ放置
放射性物質を含んだ水や土はいき場所を失う

世界の海を漂《ただよ》うビニールやナイロンやプラスチックは日々増加
数十年後には海にいる魚の重さよりも勝《まさ》るという
人類はゴミを出し続ける手のやく動物なのか

選挙

県境をはさんで我が県の道路は狭くてガタガタ
隣の県に入るといっぺんに良くなる
「あっちには力のある政治家がいるからなあ!」とぼやく人
どこでもよく耳にする会話

何を基準にして議員を選ぶのか
自分の町の道が良くなり自分の会社の給料を上げてくれる人を選ぶ
自分の町に新幹線を停め高速道路を通してくれる人を選ぶ

大学時代の恩師難波田春夫《なにわだはるお》教授
「自分のこと　自分の町のこと　自分の会社のことだけを考えて投票するような選挙は
やめちまえ！」と言う
授業中にこんな話を聞いたのははるか昔
戦争中には憲兵《けんぺい》に捕まる
大学勤務時代にはいつも同僚と衝突して追い出され大学を渡り歩く
筋金入りの頑固教授
変わり者教授
そんな教授の話だけにこの話には説得力あり

選挙って何のためにやるのか
どんな人を選ぶのか
日本全体が良くなり
世界ぜんたいを幸福にしてくれるような人を選ぶのが選挙

自分の県の豊かさを恵まれていない県に分かち与えてくれるような人を選ぶのが選挙
いややっぱり自分の給料が上がり
自分の住んでいる所のために尽くしてくれる人を選ぶのが選挙

やっぱり中央はここ

十八歳の時故郷を離れる
狭い空とよどんだ鉛色の風景
美しい木曽の風景の記憶はない
写生大会で入選した水彩画の中の緑色の山の色だけが記憶に残る唯一《ゆいいつ》の思い出の色

十五回の引越の後四十数年ぶりに帰郷
多くの人々のおかげで浦島太郎は無事故郷に帰る
そんな人間を故郷の風は頬ずりをし木々は舞い踊り迎えてくれる

パリは田舎だというフランス人
東京は中央ではないという人
今　自分がいるところが中央
鉄とコンクリートでできた東京砂漠を中央と呼ぶな

お裾《すそ》分《わ》け

絆《きずな》を強くするお裾分け
祖母も母もこしらえたものは隣近所に何でもお裾分け
田植え後のぼた餅
稲刈り後のおはぎ
苦労してつくった貴重なとち餅
叔父からもらったマツタケ

山仕事の帰りに採ったアケビやヤマブドウ
石川県の親戚から届いた大きな牡蛎《かき》
蒲郡《がまごおり》に行った会社の潮干狩《しおひが》り隊からいただいた新鮮な貝
ほんのわずかなお裾分け
お裾分けして笑顔をいただく

東日本大震災時
日本中どこでもお裾分け
世界の国々からのお裾分け
物のお裾分け
心のお裾分け
魂《たましい》のお裾分け
時間のお裾分け
命のお裾分け
みんな貧しくても互いにお裾分け

新美南吉《にいみなんきち》の童謡「島（B）」より

島で、ある朝、
鯨《くじら》がとれた。

どこの家でも、
鯨を食べた。

髭《ひげ》は、うなりに、
売られていった。

りらら、鯨油《あぶら》は、
ランプで燃えた。

鯨の話が、
どこでもされた。
島は、小さな、
まずしい村だ。
「ごんぎつね」も兵十《へいじゅう》にお裾分け

マドリードにはよそ者はいない
人口三百万人の町マドリードはどこに居ても安堵《あんど》
見知らない外国人にも挨拶
老若男女を問わず声を掛け合う

生活をスマホに占領された人々
人工頭脳に自分の意思と判断を委《ゆだ》ねてしまった人々
マスクをかけ能面人間になってしまった人々
時間と空間を自分だけの狭い陣地で固めてしまった人々
心と心が通うことを忌避《きひ》した人々

人を殺《あや》めた青年はたんたんと話す
殺めたのは私ではありません
周《まわ》りの人々がひどくなったせい
私がやったのではありません
真顔《まがお》で責任転嫁《てんか》するこの青年の心の中を探ってみたい

空港

久しぶりのヨーロッパ旅行
思い出は盛りだくさん
名の知れた観光地だけでなく閑散《かんさん》とした町にも心躍る
飛行機を待つ空港でも無性に郷愁をそそられる
他の国の空港にいるのになぜか
妻は空港で長い時間待つのは苦手
私にとっては楽しい時間
ドバイ空港では往きも帰りも三時間前後待つ
散策しながら売店で高級ウイスキーや高価な宝石類を見るのもいい
外国語に翻訳《ほんやく》された「ドラえもん」の漫画を書店で見るのもよい
目だけを出した黒いスカーフをかぶったイスラム女性の顔を想像するのもいい
レストランで読書をする若い夫妻の写真を撮らせてもらう
おしゃれな二人はとっても素敵でモデルのよう
帰国してから油絵にして展覧会に出品

なにもすることなくベンチに座ってロビーを行き交う人々の靴を見ているだけでも楽しい
民族衣装を見るのも面白いが横切る時ほのかに香り来る衣装の匂いが五感をくすぐる
みんな愛する故郷の息吹《いぶき》を持って歩いている
どこの国から来たのか
たくさんのお土産を持った人々が帰る国はどこだろう
どんな家族が待っているだろう
普段はどんな生活をしているのだろう
思いは次々にふくらみ想像をかき立てる
空港は美しい星地球の玄関口
ケンタウルスや南十字星にも行ける銀河鉄道のプラットホーム

地球号

今　地球号は宇宙のどのあたりを飛行中

地球号は過去でも未来でもなく今の今を飛行中
永劫《えいごう》の時空《じくう》の中で落っこちそうになりながらも上手にバランスをとりながら飛行中
だれもが地球号のパイロット
地球号の最先端《さいせんたん》で運転
今　寝転んでいても　悩んでいても　病んでいても　怠けていても
今　息をし　あくびをし　飯を食い　おならをしても　ウンチをしていても
気おくれすることはない
みんなが地球号の最先端に乗って運転
どえらいこっちゃー！
これ以上の醍醐味《だいごみ》はない

宇宙には地球の他にも空気と水のある星はあるという
いまだに生き物がいる星の報告はなし
かけがえのない地球号を人類はなんて乱暴に運転するのか
宇宙船地球号どこへ行く

戦争を知らない子どもたち

「戦争を知らない子供たち」を孫といっしょに歌うフォークソング歌手杉田二郎
五十余年前　喫茶店で学友と歌った北山修作曲の歌
ノンポリ学生が歌う反戦歌
戦争が終わり七十余年歌い継がれる
こんなに長い間戦争がなかった時代はない
未来永劫《えいごう》にこの歌が歌われることを願う
改憲論議がされるようになった時代、
不安と憤《いきどお》りを感じる
この地球で最悪の人権侵害は戦争
孫を戦場に送るなんてまっぴらごめん
宇宙ステーションか他の天体に避難させるしかない

今　野の植物たちは

じいちゃんとばあちゃんが裸で向かい合った姿が滑稽《こっけい》な「爺婆《じじばば》（シュンラン）」の花
いつのまにか住まいを変えてしまう

天ぷらにすると珍味《ちんみ》で酒席《しゅせき》にはもってこいの「シモ蕨《わらび》」
春の野で妻の視野に入れば残らずちぎられ天ぷらの食材

家のすぐ下の崖《がけ》っぷちにつつましく咲いていた薄桃色の「イワカガミ」
品格のある可憐《かれん》な花はいつのまにか姿を消す

田んぼの土手に咲いていた純白色の「雨降花《あめふりばな》（ショウジョウバカマ）」
紅色や桃色の花の中に混じって咲いていたが今は見えない

エセ植物愛好家に抜き取られ全滅間近
木曽では「アメフリバナ」と呼ばれポキンと折ると雨が降る

墓に敷かれた砂地に咲いていた品格あるワインレッド色の「翁草《おきなぐさ》（ウズノシュゲ）」
いつのまにかこの翁《おきな》は身を隠す

アリやブユを捕まえたら離さない「モウセンゴケ」
コンクリート製のＵ字溝が埋められると川辺から消える

竹鉄砲《たけでっぽう》の弾《たま》になったのは青紫色の「猫の目《ねこのめ》（ジャノヒゲ）」
なにものも容赦《ようしゃ》しない草刈り鎌の刃《は》の犠牲になる

子どもたちのおやつだった酸《す》っぱい「イタドリ」や「スイコギ」
今は「むらおこし弁当」の具になってかろうじて生き残る

昭和から令和にかけて一世紀
野山の風景は一変
子どものおやつや遊び道具はいつのまにか消える

ハナノキ

妻の実家の東屋《あずまや》の庭にあった二本のハナノキ
春夏秋冬
黄緑《おうりよく》・緑《みどり》・橙《だいだい》・赤《あか》・赤銅《しやくどう》…と季節の色で装う
家の歴史をみんな知っているハナノキ
やがて母屋の屋根を越えた雄株《おかぶ》と雌株《めかぶ》の大木
ハナノキは屋根を覆《おお》い陽《ひ》ざしを遮《さえぎ》る
秋になれば多量の落ち葉を降らす
やがて伐採《ばつさい》

製材した一枚の板は扁額《へんがく》になる
飯田市伊豆木の興徳寺《こうとくじ》の住職がこの板に揮毫《きごう》
『歩み入る者にやすらぎを　去り行く人にしあわせを』
ドイツローテンブルク市のシューピタール門に刻み込められていた言葉
東　山魁夷《ひがしやまかいい》画伯が留学生時代メモして日本に持ち帰った言葉
画伯夫妻の許しを得てしばらく借用
扁額は長女の嫁ぎ先の書庫の玄関に掲げられる
ハナノキは形を変え場所を変え生命《いのち》を長らえる
言葉のごとく憩いと安らぎを与え続ける

足下《あしもと》の小宇宙

宇宙は　コップの水の中にあり
宇宙は　太陽を映す露草《つゆくさ》のしずくの中にあり

宇宙は　赤子の眼《まなこ》の中にあり
宇宙は　雨上りの泥田《どろた》の中にあり
宇宙は　芽吹き前の木々の蕾《つぼみ》の中にあり
宇宙は　月の映った桶の中にあり
宇宙は　一刹那《いちせつな》の中にあり
宇宙は　自分の足下《あしもと》にあり

内にコスモスを持つ者は世界の何処《どこ》の辺遠《へんえん》の地に居ても光り輝く

常に未来に備えよ

子孫に何を遺《のこ》し伝えるのか
高価な宝石か広い土地か
「備《そな》えとは、おのれを簡素《かんそ》にすること」と言う人

「死ぬときは簡素でありたい」と言う人
「私の信念は家族にこだわること」と言う人
人間が生きるには多くのものはいらない
太陽に手を合わせ一日の安寧《あんねい》を祈る
木々の葉からこぼれ落ちる滴《しずく》に心おののかす
四季折々無心に咲く花を見て心清める
音もなく天空を上り下る星々に手を合わせる
おのずと子孫に遺すものが見えてくる

もう一人の自分

どうしようもない自分がまだ生きている
このいいかげんな人間を生かし続ける五臓六腑《ごぞうろっぷ》
酷使《こくし》し続けるので疲労困憊《ひろうこんぱい》

まだ鞭《むち》が飛ぶ
好きなものばかりを飲食
妻の戒めも聴かず都合のいい時に好きなことをする
ブレーキもかけずにやりたい放題
達観するとか悟るとかいう言葉とは無縁な話
そろそろ誠実な生活をしろよ
もう一人の自分がささやく
こんな自分にまた連れ添う
どこまで人がいいのだ
もうそろそろ年貢の収め時
もうそろそろあいそをつかされる
もう一人の自分に感謝

このごろ種田山頭火《たねださんとうか》の句をよく思い出す
「どうしようもないわたしが今も歩いている」

生命の連続

少年が朝夕餌《えさ》をやり師走《しわす》まで飼ってきた我が家のうさぎ
学校から帰って来るとうさぎは血をたらして竿《さお》につるされている
うさぎは年取りと正月の茶碗蒸しの具となる
うさぎにも数え切れない祖先がいる
多くの命のバトンを受け取りながら生き長らえてきたがここで命を落とす
奇跡の連続

飢えた旅人を救うために燃えさかる火の中に身を投じて食となったうさぎ
この様子を見ていた釈迦牟尼《しやかむに》はうさぎを月に送る
宮澤賢治は『ビジテリアン大祭』の中で述べる
総《すべ》ての生物はみな無量の劫《かるぱ》の昔から流転に流転を重ねて来た

それらが互いにはなれ又生を隔ててはもうお互いに見知らない
無限の間には無限の組合せが可能である
だから我々のまはりの生物は長い間の親子兄弟である
今　隣にいる犬も猫も同時代に生きるかけがえのない兄弟
悲しげな眼をする馬は前世の私

「これしか」ではなく「まだこんなにも」

某研修大会に出席した退職を間近にひかえたK校長
発表の終わりに「いろいろやりたいことはあるがもう退職まで半年間しかない！」と嘆く
司会を担当していたM校長
すかさず「まだ半年間もあるじゃないですか」と笑顔で言う
会場からいっせいに笑いがおこる
司会者の粋《いき》なことばに会場はいっぺんになごむ

私も楽しくなる
人の生き方や幸せは心の持ち方次第
今　人生　半《なか》ばなり
今　人生　真最中《まっさいちゅう》

心と文化のバトンリレー

日本人は何代も先に生きる子孫のことを考えて生きてくる
県や町の総合計画はせいぜい三十年先か五十年先のことを見通して立てられる
戦後未来に生きる子どもたちのために数回の学習《がくしゅう》指導要領《しどうようりょう》の改訂
人類は百年・千年の先に生きる子どもたちの教育や学力について考えているだろうか

年老いた祖父は切り拓《ひら》いた山にヒノキやスギノキを植える
父は減反《げんたん》田んぼに先々の子孫のことを考えて柿や栗の木を植える

「わしが生きている間には役に立たんがなあ！」とぼやく
母は子・孫が健やかに逞《たくま》しく生きるために栄養あるものを食べさせてくれる
「ボロを着てもいいものを食べさせてやるぞ！」と言い遺す
先祖代々育ててきた木曽ヒノキを使って子孫のために頑丈《がんじよう》な家を建てて亡くなった父
「俺たちよりもお前たちの方が住むほうが長いからな！」と言い遺《のこ》す
厳寒期《げんかんき》祖先伝来のヒノキを伐《き》り出す
自分でねったコンクリートで頑丈な土台をつくる
土中深く太いヒューム管を埋めて山奥から水を引く

子孫に何を遺すのか
今生きる人類にとってここが一番大切な命題《めいだい》
子孫へ確実にバトンを渡していくことが今生きる大人の役割
何を遺すのか
遺すものはあるのか

阿修羅《あしゅら》

数百万戸の家庭の光を消した東日本大震災
希有《けう》の災害に遭《あ》った年老いた人々は涙し祈る
子どもたちは破壊された故郷の姿を見て小さな手を合わせる

交通事故で愛する子どもをうしなった両親
ただ泣きくずれ時間が過ぎるのを待つ
現実を受け入れることはできない

万物《ばんぶつ》の霊長《れいちょう》と言われる人間
襲いかかる災難の前では成すべき術《すべ》がない
天上《てんじょう》を支える三面六臂《さんめんろっぴ》の阿修羅の手は時の流れの中で次第に下がりやがて合掌《がっしょう》
阿修羅は不死鳥《ふしちょう》となって必ずよみがえる

一期一会《いちごいちえ》

～「花明り」の前で～

中天《ちゅうてん》に上った満月は一片も欠けていない
月の光をうけて銀白色に輝く桜の花びらは一枚も落下していない
東山魁夷《ひがしやまかいい》は京都円山公園でこの光景に邂逅《かいこう》
山の木々は下向きのしなやかカーブを描く
しだれ桜が上に向かって大きな放物線を形作る
群青《あお》を基調とした夜空や樹木に月や桜が映えどこまでも美しい

太陽系そして銀河系
この唯一無二《ゆいいつむに》の時空
今
ここだけにある

奇跡の連続
縁《えにし》の流れの一刹那《せつな》
無常の世界の一出来事
花の盛りは短く満月を出合うのは難しい
月の盛りはただ一夜
曇りか雨ならば見られない
そして画伯がそこにいなければこの世界は成立しない
生成《せいせい》と衰滅《すいめつ》の輪を描いて変転しながら過ぎていく宇宙
三位一体《さんみいったい》となった舞台は妖《あや》しく幽玄《ゆうげん》な世界
この時間はあたりまえの時間
誰もが一刹那一刹那もっている珠玉《しゅぎょく》の時間

罰《ばち》が当たる

六十年も前の私の家の茶の間での一場面
身も氷る厳しい冬の日
念仏《ねんぶつ》を終えて茶の間に集まった八十歳を優《ゆう》に超えたばあさんたち
いそいそと炬燵《こたつ》に入ってケーキを食べながら
一人のばあさんが言う
「いい世の中になったもんだのう！　こんなにうまいものが食べられる」
また一人のばあさんが言う
「こんな贅沢《ぜいたく》をするとほんとうに罰《ばち》があたって目がつぶれるぞ！」
またまた一人のばあさんが手を合わせて言う
「ありがたい！　ありがたい！　なんまいだぶつ、なんまいだぶつ」と呟《つぶや》く
まだ自動車はなく父の胴につかまってオートーバイに乗った時代

洗濯機がガタガタけたたましい音を立てて回る時代
チャンネル式の小さな画面の白黒テレビで栃錦《とちにしき》と若乃花《わかのはな》の勝負を息をのんで見た時代
まだ風呂にはシャワーや液体シャンプーもなかった時代
水洗トイレもクーラーもなかった時代
昭和《しょうわ》恐慌《きょうこう》や戦後の苦しい時代を生き延びてきた人々
これ以上欲をかいたら天罰《てんばつ》が落ちる
生まれてきてよかった
生きていてよかった
みんなしみじみ思う
日本人が二千年も守ってきた知恵
そして筋金入りの剛健な精神
たやすく退散させてはならない

「絶対」は神の境地

「テロリストとは絶対に話し合わない！」

欧米諸国の為政者《いせいしゃ》は言い切る

過激派の学生とキャンパスのベンチに座って話す
一時間が二時間になり五時間が六時間になりそして日が暮れる
授業も欠席して論戦
喉《のど》はかれ声が出なくなる
合意点はまったくないまま握手して終了
はじめから相手の立場を理解しようとしない
百パーセント認めない
拒絶《きょぜつ》は孤絶《こぜつ》を生む
ひとつの思想に凝り固まることの危うさ恐ろしさ

信じる者は救われるというが…

宮澤賢治は『銀河鉄道の夜』のなかでこう言う
みんなめいめいじぶんの神さまがほんとうの神さまだというだろう　けれどもお互いほかの神さまを信ずる人たちのしたことでも涙がこぼれるだろう

道元は中国に行って「柔軟心」を学んで帰る
思想は異なっても「呉越同舟《ごえつどうしゅう》」
今　世界でもっとも必要なもの

沖縄

四十年前の新婚旅行
青色のタクシーに乗って観光
蒼天《そうてん》の空を鋭く突き刺す米軍のジェット機

二重窓ガラスもものともしない轟音《ごうおん》
道端でベトナム戦争で廃棄《はいき》された銃《じゅう》や空砲弾《くうほうだん》を売る少年たち
気ままに走りまくるナンバーがない米軍の車

平成三十年十一月
普天間《ふてんま》基地の代替地辺野古《へのこ》湾に土砂投入開始
エメラルドグリーンの辺野古湾がみるみる茶色に染まる
県民投票前に強行
世界でもっとも危険な基地普天間基地ははたしてなくなるのか
県民投票は圧倒的に辺野古への基地移設反対
政府はこの結果に見向きもしないで土砂投入を継続
沖縄の人々に人権はあるのか
日本の民主主義はどこに行くのか
珊瑚礁やジュゴンはどこに行くのか
沖縄の負担はさらに重くのしかかる

幕末から沖縄は受難の連続
強引な琉球併合
悲惨な沖縄戦
火炎放射器で三分の二の土地が焼き払われる
十二万余の人々が犠牲になった沖縄戦
戦後膨大な米軍基地への負担
戦後国土の〇・六%にすぎない土地に米軍専用施設の七十%余を配備
いつまで払うのか［思いやり予算］
世界の歴史は不条理で不可思議
倫理も哲学も通用しない
飴をちらつかせながら見えない飴の鎖で縛る
いつの世でも心やさしい人々は追いやられる
今こそ地球号は軌道修正

蛇皮線《じやびせん》の島
泡盛《あわもり》の島
詩の島
踊りの島
唐手《からて》の島
蘇鉄《そてつ》の島
竜舌蘭《りゆうぜつらん》の島
榕樹《がじまる》の島
仏桑花《ぶつそうげ》の島
バナナの島
パイナップルの島
芭蕉布《ばしようふ》の島

ヤンバルクイナにヤンバルの森を返せ
憲法九条に自衛隊の文字を入れる前にやるべきこと

まず「沖縄を思う」という条文を入れるのが先

母校の文化祭

高校二年生の学級展示で「未来新聞」を読む
今までの人生とこれからの人生をひとりひとり新聞にして掲示する
消防士　看護師　教師　獣医師　美容師　建築士…と様々な職業が書かれている
六十歳までの生活設計が書かれている
十九歳で家を出て三十歳までに結婚し二人の子どもを育てる
四十歳までに家を建て六十歳までにローンを返す
ローンが終わったらお金をためて世界旅行をする

この日　大阪で「G20会議」が開催される
世界経済　貿易摩擦　人権問題　プラスチックゴミ…と世界の首脳が話し合う

大人たちは高校生が描く生活設計を保障することができるのか
ホルムズ海峡で航行中のタンカーがミサイル攻撃
香港では二百万人のデモ行進
イランがサウジアラビアを爆撃
日本は一機百億円以上のジェット機を百機購入
プラスチックゴミの粉塵《ふんじん》は海洋を浮遊し空中を飛来
私たちは子孫に何を残せるか
プラスチックゴミと放射性廃棄物だけでは困る

詩

ふと浮かんだ言葉をノートに書き置こうと思ったとたん
いつのまにかフット言葉が消え去ってしまう

しばらく思い出せない
そんな言葉がまた「雪虫《ゆきむし》」のようにやって来る
今度こそつかまえるぞ
心の詩がいっぱい飛んでくる

私の出会った詩人たち

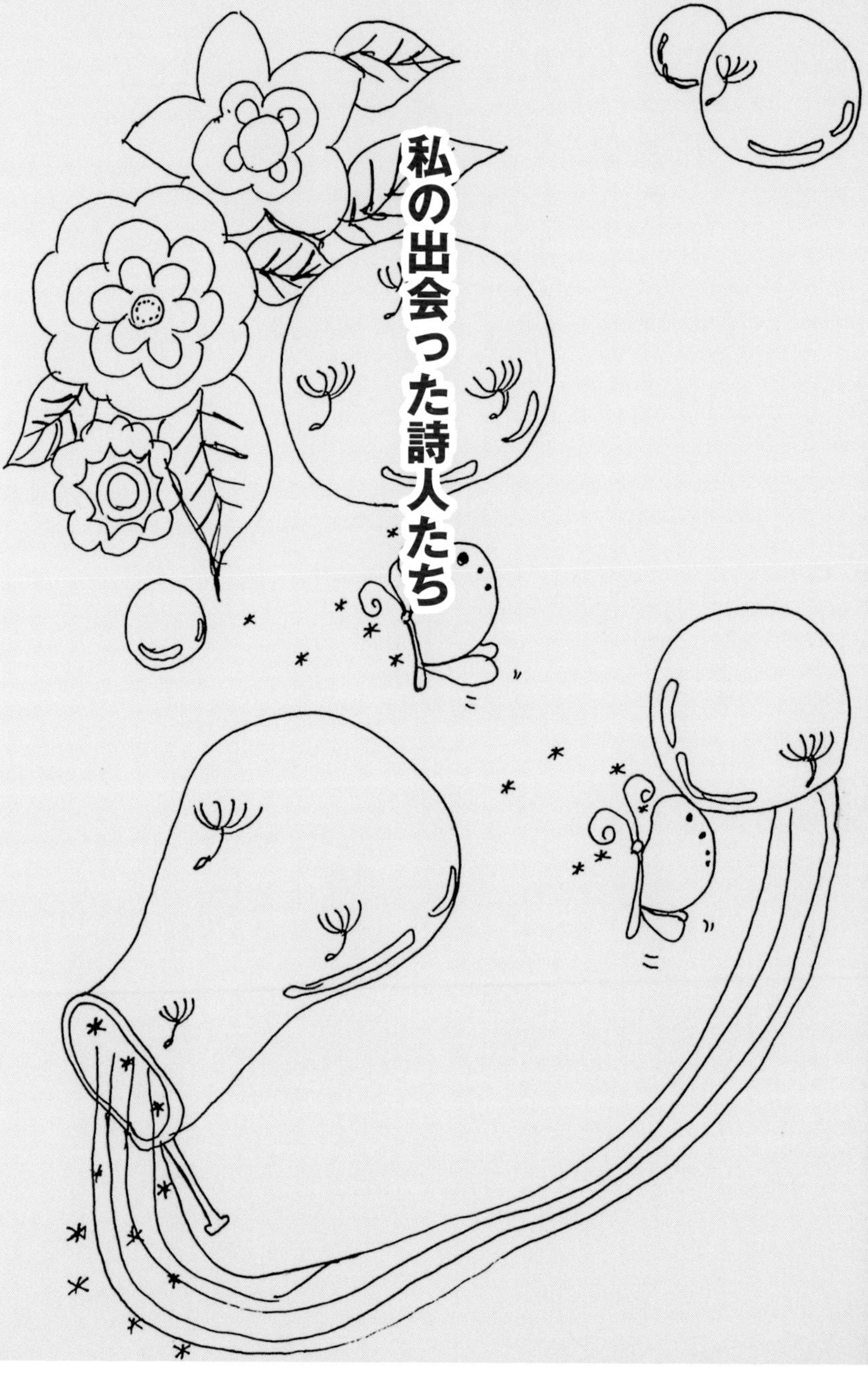

私の出会った詩人たち

中学校二年生の時、国語の教科書に掲載されていた宮沢賢治（一八九六～一九三三）の詩「稲作挿話《いなさくそうわ》（作品一〇八二番）」とめぐりあう。さわやかな力強い作品で初めて「詩」に感動する。この詩とのめぐりあいが縁《えん》となり、やがて大学の卒業論文には宮澤賢治を選ぶ。

高校に入学して三日目、体育の時間に足を骨折して入院する。たいくつな日々を送っていると、見舞いに来た体育の西村義夫先生から「ニーチェ（一八四四～一九〇〇）詩集」を贈られる。今、日本ではニーチェブームであるが、この時はどんな詩人かまったく知らなかった。初めて手にする外国人の詩集に新鮮味を感じる。

大学に入り、高校時代の友人芦澤宏吉《あしざわひろよし》（一九五一～二〇一三）からアルチュール・ランボー（一八五四～一八九一）とヨーゼフ・リルケ（一八七五～一九二六）の詩を紹介してもらう。二冊とも高価な本だったが、アルバイトをして神田の神保町《じんぼうちょう》で購入する。奇異《きい》な人生を送った詩人たちであるが、研ぎ澄まされた語彙で作られた詩にしばらく陶酔する。

その後、山手線高田馬場駅近くの西友ストアでアルバイトをしている時、宮澤賢治を卒業論文に選んでいた早稲田大学文学部の大谷秀世《おおやひでよ》（一九四九〜一九八六）に出会い、宮澤賢治の人物像についての話を聞く。この時、改めて「稲作挿話《いなさくそうわ》」の詩の作者は、宮澤賢治であることを確認する。大谷からは「青春詩人」として大学生に人気のあった中原中也《なかはらちゆうや》（一九〇七〜一九三七）と立原道造《たちはらみちぞう》（一九一四〜一九三九）も紹介してもらう。また、同じ時期二十一歳で結核で亡くなった矢沢宰《やざわおさむ》（一九四四〜一九六六）の限りなく純粋な詩にめぐりあう。

大学二年生の時、宮澤賢治の評論をたくさん執筆している大学教授で仏教学者紀野一義《きのかずよし》（一九二二〜二〇一三）の著書を読んでいる時、三人の夭折詩人、菅野国夫《かんのくにお》（一九三七〜一九七二）、村上昭夫《むらかみあきお》（一九二七〜一九六八）、新美南吉《にいみなんきち》（一九一三〜一九四三）を知る。いずれの詩人も当時はまだ無名の詩人でやがて生涯一冊の詩集を出版し昇天する。大きな魅力を感じしばらく詩集を持ち歩く。紀野教授には難病筋ジストロフィー症で十代で他界した甲山政弘《こうやままさひろ》（一九五七〜一九七四）や北原敏直《きたはらとしなお》（一九六〇〜一九七四）の詩も紹介してもらう。この二人の少年は、多くの恋愛詩も創るが、それ以上に地球や宇宙の未来についての詩も遺す。戦争のない平和な世界を願う詩は心を深く打つ。また、紀野教授は四国の仏教詩人坂村真民《さかむらしんみん》（一九〇九〜二〇〇六）を世に出す。

その後、多くのキリスト教詩人にもめぐりあう。山村暮鳥《やまむらぼちょう》（一八八四〜一九二四）、八木重吉《やぎじゅうきち》（一八九八〜一九二七）、星野富弘《ほしのとみひろ》（一九四六〜）である。また明治時代から昭和時代初期にかけて生きた詩人、千家元麿《せんげもとまろ》（一八八八〜一九四八）、萩原朔太郎《はぎわらさくたろう》（一八八六〜一九四二）、高村光太郎《たかむらこうたろう》（一八八三〜一九五六）、室生犀星《むろうさいせい》（一八八九〜一九六二）、大手拓次《おおてたくじ》（一八八七〜一九三四）、北原白秋《きたはらはくしゅう》（一八八五〜一九四二）、尾崎喜八《おざききはち》（一八九二〜一九七四）、山之口貘《やまのくちばく》（一九〇三〜一九六三）、大関松三郎《おおぜきまつさぶろう》（一九二六〜一九四四）などの詩人にめぐりあい、いずれの詩にも魅力を感じる。

大学三年生になってからは、本格的に卒業論文の準備に入る。宮澤賢治の人生を社会科学的に研究することになる。そのためには賢治と同時代に生きた日本の農民詩人を知る必要があった。そこで、当時農民詩人の研究家として脚光をあびていた松永伍一《まつながごいち》（一九三〇〜二〇〇八）の多くの著書を購入し読破する。その著書の中に「毎日出版文化賞特別賞」を受賞した『日本農民詩史《にほんのうみんしし》』（全五巻・法政大学出版局）がある。この著書には多くの農民詩人が登場してくるが、特に渋谷定輔《しぶやていすけ》（一九〇五〜一九八九）、小熊秀雄《おぐまひでお》（一九〇一〜一九四〇）、長澤佑《ながさわたすく》（一九一〇〜一九三三）、陀田勘助《だだかんすけ》（一九〇二〜一九三一）の詩には心引かれる。松永伍一からは詩と共に画家としても一世を風靡《ふうび》した夭折の詩人村山槐多《むらやまかいた》（一八九六〜一九一九）、淵上毛錢《ふちがみもうせん》（一九一五〜一九五〇）の詩人も紹介してもらう。この頃最近まで発刊されていた季刊童話雑誌「詩とメルヘン」から多くの無名の詩人を知る。この雑誌の責任編集者であり、やがて大流行する「アンパンマン」の作者やなせたかし（一九一九〜二〇一三）の詩を読み心洗われる。また、この雑誌の中に掲載されていた女流詩人の詩にも感激する。茨木のり子（一九二六〜二〇〇六）、高田敏子（一九一四〜一九八九）、石垣りん（一九二〇〜二〇〇四）などである。この雑誌には全国から投稿された無名の詩人の作品も多く掲載され、多くの愛読者を獲得していくことになる。

大学四年生になった頃、犬飼繁《いぬかいしげる》（岡山県の高校教員）、福島俊彦《ふくしまとしひこ》（テレビ神奈川勤務）、荒武健二《あらたけけんじ》（フランスのホテル勤務）の同級生四人で同人誌「檸檬爆弾《れもんばくだん》」を発刊する。この同人誌名は、梶井基次郎《かじいもとじろう》（一九〇一〜一九三二）の小説『檸檬』から借りる。私はこの雑誌に拙い詩を毎号投稿する。感情が全面に出た自己本位の詩だったが、今読めば懐かしい作品ばかりである。ボールペン原紙に書きガリ版印刷し三百部限定出版する。一冊百円で販売したが、多くの人々が購入してくれる。粗雑な同人誌だったが、私たちにとってはかけがえのない青春の貴重な本である。十二号発行して卒業と共に廃刊する。

卒業論文は、宮澤賢治を選び指導教官は政経学部教授で詩人でもある原子朗《はらしろう》（一九二四〜二〇一七）にお願いする。原教授は、大手拓次《おおてたくじ》、伊東静雄《いとうしずお》（一九〇六〜一九五三）の研究家でもあったこともあり、賢治作品と共に指導を受ける。外国の詩人、ハイネ（一七九七〜一八五六）、リルケ、ニーチェ、サルトル（一九〇五〜一九八〇）にも興味をもつが、翻訳本には限度があると思い、興味は一過性で終わる。

教職に就いてからも、多くの詩人に興味をもつ。宇野正一《まさかず》（一九一六〜）、相田《あいだ》みつを（一九二四〜一九九一）、榎本栄一《えのもとえいいち》（一九〇三〜一九九八）、金子《かねこ》みすゞ（一九〇三〜一九三〇）、東井義雄《とういよしお》（一九一二〜一九九一）、まど・みちを（一九〇九〜二〇一四）、吉《よし》野弘《のひろし》（一九二六〜二〇一四）、星野富弘《ほしのとみひろ》などの詩は、様々な通信に掲載する。

私が出会った多くの詩人は、その時々様々な世界を描き導いてくれた。時には萎えた心に活力を与え生きる糧を与えてくれた。毎号の学級通信に掲載し生徒たちと共に読み合わせることは大きな喜びであった。掲載させていただいたすべての詩人の皆さんに感謝する。

詩は森の奥の泉から湧き出ずる清明な水のごとく、魂の源流を言葉に化しそれに生命を与えた祈りである。詩は心象をスケッチし、それを言葉に託し表出した心の叫びである。詩は上手でも下手でもなく、本当に自分に成りきったものである。詩は人そのものである。詩心は心身を脱落し素直になってこそはじめて芽を出し、精神は昇華され言葉になる。詩人は苦痛をも享楽しまた新たな道を切り拓く。

最後に坂村真民の詩「詩は万法の根源である」を掲載する。

詩は万法の根源である／一枚の葉にも数千言の詩がしるされ／一個の石にも数万年の歴史が綴られている／詩には宗教にも哲学にも科学にも先行し宇宙の根源となって日月のように回転し啓示する／詩はもはや文人墨客の風流韻律ではなく万法の根源となって全人類の絶滅を来たす／核戦争に抗議し世界の平和と人類の幸福とをかちとるために武器となった／高い空からの声をきけ深い海の声をきけ／生きとし生けるものが人間に呼びかけてくる／ああ純粋の声をきけ／詩は万法の根源である

詩作を終えて

十八世紀後半に欧米諸国に起こった産業革命は世界を大きく変える。開国したばかりの日本はこの革命の余波を懐疑的になることもなくまともに受ける。黒船を見て面食らった日本人は、この革命の正体もわからず受容し順応していく。

明治時代、欧米社会の文明に飛び乗った日本は、我が身を振り返る余裕はなく、欧米に追いつくためにただひたすら突き進む。また、同時に起こったエネルギー革命は、日本の農民を「日本型囲い込み」によって山村から都市へと追い立てる。この人口移動は予想以上に激しく地方は次第に疲弊していく。

大正時代に入り自由主義と民主主義を標榜した和洋混淆の「大正デモクラシー」が起こり政治・社会・文化において精神の解放が行われたかと思ったが、これはほんのつかの間の出来事であった。まもなく時を待たずして軍靴の音が聞こえ始める。

昭和時代に入り資本主義社会傘下の日本は、ニューヨークのウォール街の株価暴落に始まった世界恐慌によって大きな打撃を受ける。その後軍部が台頭する中、日本は国際連盟を脱退し世界の孤児となる。軍国主義一色となった日本は、学問・文化は厳しく抑圧され、まもなく第二次世界大戦（太平洋戦争）に参戦し暗黒時代に入る。やがて連合国からの絶え間ない空襲や二度の原子爆弾投下により国土は焼け野原になり戦争は終わる。

戦後、日本人は古来から大切に受け継がれてきた「和」を尊ぶ柔軟かつしなやかな精神と勤勉・謹厳な国民性によって時間を要せず奇跡的に復活する。経済界は二つの戦争の「特需景気」もあり短期間に復興し欧米諸国と肩を並べる。高度経済成長時代に入った日本は、時を置かず世界に向かって東京オリンピックと大阪万国博覧会を開催する。国は「所得倍増計画」や「日本列島改造論」を声高に叫び、ブルドーザーが日本の津々浦々に入り開発を始め高速道路や新幹線を走らせた。また、古来より守り続けてきた美しい日本の自然は様々な公害によって蝕まれ国の形と質を変えていく。美しい海岸線にあった海水浴場は隅に押しやられ、コンクリートで固められた工業地帯が建設され、追って次々に原子力発電所ができる。一方日本人は「エコノミックアニマル」と呼ばれ世界中を駆け回り経済面では豊かになっていく。反面、核家族化は急速に進み家族の絆は希薄になり「家」の文化は崩壊していく。

昭和時代も半ばに入り飛ぶ鳥を射落とす勢いだった日本の経済も、二度の「オイルショック」や「バブルの崩壊」や「リーマンショック」等を経て異常とも思えた高熱から次第に醒めていく。そんな折、東日本大震災が起こり大きな衝撃を受ける。まさに「泣き面に蜂」であった。自然の猛威と科学の恐怖を知り、文明・文化の転換を考えるようになる。人類の進むべき本来の方向を模索し、人類が求めるべき本来の幸福の原点に帰ろうとしたが、戦後七十余年経済中心に邁進してきた国の体制はあまりにも堅固で、自然の摂理や倫理に従って正しく精算し新たな方向を見出すことはできなかった。

日本の民主主義はまだ中途にあり多くの部分で成熟していない。依然として金力・権力・武力崇拝の神話は残り、経済再生のためにエンジンをふかし始める。アジア諸国はじめ諸外国の経済が著しく成長し、国内では少子高齢化が進む中、この窮地を乗り越えることは至難の技である。このような厳しい状況下にある日本は今後どのような道を選択していくのか、国民の意をくみながら慎重に思案する必要がある。

今、自然の破壊と科学の発達に伴って日本は大きく変わりつつある。今まで体験したことのない希有な様相が出現してきている。いわゆる文明・文化の転換期に入っている。昭和三十年代後半を境に自然環境や社会の体質は大きく変わってきた。文明の折り返しが始まっている。幸か不幸か歴史の縁（ふち）の上を危うく歩きながら生きてきた私たちの世代は、否応なしに両時代に足を踏み入れ生きることを余儀なくされた。日本は古来から自然を畏敬し「不易」や「知恵」の部分を大切にする文化があったが、ここにきてこの文化は後退し、地球の行く末を楽観的に発展していく「科学」の貪欲かつ無責任な部分が大きく突出してきた。「不易」と「知恵」の部分は、あらゆる存在の本質の上に根ざして生まれてきた普遍的な価値を持ち、人類がいかなる状況におかれても誤りのない絶対的なものである。この忘却してはならない部分を人類が理解しないで未来に歩みを進めるようになれば、地球が長らえることはない。やがて地球は自ら首をしめて滅ぶことになる。今、日本にこの難局を乗り越えるだけの力があるのか、また未来を正しく切り拓くリーダーがいるのか、不安である。今こそ人類の正念場である。

縄文・弥生時代以前からバランスよく育まれてきた人類の文明・文化は、十八世紀に入り性急な機械・科学文明の出現をみたが、ここにきて咀嚼・昇華することが十分にできないでいる。宮澤賢治は、『農民芸術概論綱要』の中で「宗教は疲れて近代科学に置換され然も科学は冷く暗い」と述べている。的を射た言葉ではあるが、人類はこの言葉を安易に認めるわけにはいかない。宗教と科学が共生する方向があるはずである。

一部の大国の金力、権力、武力の貪欲な占有によって膨大な温室効果ガスを発生させ地球温暖化をもたらしている。また一方、プラスチックゴミを多量に生み出し処理に窮している。自然破壊に拍車をかけ地球規模の異常気象を発生させている。現在、世界の富豪の二十数人が世界の資産の百五十兆円を占有し、世界の経済大国の十数か国が二酸化炭素の七十五パーセントを排出している。世界の国々はこの現実に真摯に対峙すべきであるが、多くのリーダーが目を伏せて見ないふりをしている。未来に対して大きな危惧をもつ十七歳の少女が叫ぶ前に大人たちの楽観的な考えを払拭し真剣に考える責任がある。世界のリーダーは、その場しのぎの快楽や目の前のニンジンに目を奪われ、いまだに解決の方法・方向を見い出せずに右往左往している。出版を間近にひかえた今、世界中に新型コロナウイルスが蔓延し、様々な問題を起こしているが、これは限界に達した地球のうめきかもしれない。

今生きる我々は、日本で開催される二回目の東京オリンピック大会を、経済界の意に沿って開催される祭典だけではなく、オリンピック大会と地球の本来の存在意義を明白にし、この一大イベントによって何を獲得し、何を喪失するのか、しっかり凝視し、さらに分析・吟味し見届ける責任がある。経済復興のみを目的にした現世利益的な祭典だけではなく、核汚染や温暖化はじめ多くの環境汚染がおかされている地球にあって、また人種差別や偏見によって起こる戦争や紛争を目の当たりにして、何を発信していくのか真剣に考えなければならない。未来の地球をイメージして人類の精神的な支柱を確立して発信していかなければならない。この支柱の基礎になる倫理哲学は何なのか。この中には「共生の心」や「慈悲・慈愛の心」を含む必要がある。そのために今ここで一度立ち止まりエッセンシャルなものとトリビアルなものを分けなければならない。豪華絢爛な張り子の虎や無味乾燥な目先の快楽に惑わされるのではなく、地球や日本の未来の世界を想定して、「本質」・「真実」が何であるのか、その底流と源流を見定めた上で判断する慎重さが必要である。また、今回のオリンピックは、東日本大震災時、手を差し伸べてくださった世界の国々の人々に対する御礼と感謝のオリンピックでもあることを忘れてはならない。世界の人々に何を発信していくのか、我々の子孫にいったい何を残せるのか。現実から逃避することなく「本当の幸い」を明らかにした上で濃密な価値をもとめる時代に入っている。

このような日本の近・現代の歴史を傍らにおいて、私の六十数年間の瑣末な人生体験を重ね合わせながら叙事的・叙情的かつ自伝的に詩をつくってみた。詩作にあたっては、できるだけ郷愁感やプライベートの部分を表に出さないように心がけたが、感情を抑えきれずに全面に出てしまった詩もある。また、言うまでもなく詩の文学的な価値や存在意義も正しく語れない浅学な私が、今、持ち合わせている貧弱な語彙を駆使して稚拙・粗野な詩をつくり社会の変貌を確認すると共に今までの人生を自省・回顧する機会にした。同時に詩作を通して現在の日本のありのままの姿と今地球が置かれている位置を確認しようとしたが、無力な私が見極めるには時期尚早であった。

詩集全体を便宜的に七つの章（「少年」、「東京」、「家族」、「故郷」、「教育」、「人間」、「時代」）に分け、各々の詩から過去を回顧し、現在を直視し、来たるべき未来の姿を鋭角的に明らかにしようとしたが、これも中途半端であった。このような心もとない状況の中で創作した詩ではあるが、一編の詩でも心にとどめていただければ幸いである。

詩集名「空飛ぶ鳥にように　野に咲く花のように」は、聖書マタイ伝第六章からお借りした。この言葉はあまりにも高潔過ぎて私の拙い詩と優柔不断な人生とはあまりにもかけ離れているが、嘲笑されることを覚悟であえて使わせていただいた。

本著書執筆にあたり多くの皆様方から貴重な助言をいただきました。衷心から御礼申し上げます。今後共に引き続いてご指導・ご鞭撻をよろしくお願いします。

本著書は、私の誕生を喜び、懇ろに育み、限りない愛情を注いでくださった今は亡き父と母に捧げる。
最後になりましたが、本著書発刊にあたり、ほおずき書籍の鈴木亮三氏はじめ編集部の皆様方には、大変丁寧なお心遣いをいただきました。誠に有り難うございました。心より御礼申し上げます。

令和二年早春　春風が頬に心地良い信州木曽にて

岡田　政晴

著者略歴

岡田 政晴（おかだ まさはる）
昭和26年長野県木曽郡南木曽町生まれ
元 中学校校長、現在 高校非常勤講師
著書『縁《えにし》の糸～信州の東山魁夷とすみ夫人～』（ほおずき書籍）、『宮澤賢治～イーハトーヴォ信州からの発信～』（ほおずき書籍）、『内にコスモスを持つ者～歩み入る者にやすらぎを　去り行く人にしあわせを～』（ほおずき書籍）

装画・挿画

丸山 晴恵（まるやま はるえ）
昭和59年長野県木曽郡南木曽町生まれ
現在 小学校教諭
著者の次女、三児の母

詩集　空飛ぶ鳥のように　野に咲く花のように

2020年7月21日　第1刷発行

著　者　岡田 政晴
発行者　木戸 ひろし
発行所　ほおずき書籍株式会社
〒381-0012　長野県長野市柳原2133-5
☎026-244-0235
www.hoozuki.co.jp
発売所　株式会社星雲社（共同出版社・流通責任出版社）
〒112-0005　東京都文京区水道1-3-30
☎03-3868-3275

ISBN978-4-434-27740-5
乱丁・落丁本は発行所までご送付ください。送料小社負担でお取り替えします。
定価はカバーに表示してあります。